HERMANOS

Una Novela
Por
Jesús E. Valdez

Capítulo I

Al caer la noche el alboroto de voces había cesado. Las luces del vagón no funcionaban y el traqueteo del tren había puesto a dormir a todos. Sólo Eusebio permanecía despierto. En su carita infantil se reflejaba la luz de la luna mientras miraba atento hacia afuera. No se había despegado de esa ventanilla desde que habían salido. Esforzaba la vista para contar los postes de electricidad. Sus pupilas iban y venían, una y otra vez, hasta que perdía la cuenta y la volvía a comenzar. Esa costumbre de contar los postes empezó cuando era más chico y su papá, para evitar pleitos, les ordenaba a él y a su hermano Jacobo a alternar en la ventanilla cada cien postes. Era algo tonto, lo sabía. ¡Las cosas que se inventaban los padres para llevar la paz!, pensó Eusebio, añorando esos días. Jacobo no quiso continuar esa costumbre y lo dejaba estar en la ventanilla todo el tiempo. Volteó a ver a Jacobo y sonrió. Jacobo dormía tranquilo.

Afuera todo era desierto. Los cerros y los pinos habían quedado atrás. Hasta las estrellas parecían menos. Allá en la sierra el cielo se llenaba de los pequeños puntitos brillantes. Su abuelita decía que eran almas de Dios. Cuando él tenía cinco años, al lecho de muerte de su abuelita, ella le había dicho que si Dios la aceptaba la convertiría en una estrella para poder alumbrarle el camino. Desde ese día Eusebio creyó que las estrellas más brillantes eran de las personas más buenas. Ya le había designado una de las más brillantes a su abuelita. Algún día le preguntaría a Jacobo si era cierto lo que le había dicho su abuelita. Temía que Jacobo se burlara de él si le preguntase. Ya lo conocía. Siempre le hacía burla. Además era mejor creer. Sentía bonito cuando veía una estrella brillante y por dentro se decía, – Esa es mi abuelita.

Por lo pronto no quería perderse nada del paisaje. La luna llena aluzaba lo suficiente para disfrutar de esa llanura. Le recordaba los cuentos que le contaba su padre. Él le platicaba de las grandes aventuras cuando iba a trabajar a los ranchos ganaderos para ayudar en la gran marcha hasta la frontera. Había sido un buen jinete su padre. De joven había ganado la Gran Carrera del pueblo por tres años consecutivos. Hasta le brillaban los ojos de puro orgullo cuando le contaba de esas carreras. En la última carrera que corrió había apostado contra otro el amor de una mujer. –Sí, Chebito, así fue como me gané a tu mamá –y siempre soltaba la carcajada.

A veces, cuando no lo mandaban a ayudar a su mamá con los trastes de la cena, lo dejaban ir con Jacobo y su papá. Su padre siempre empezaba a contar sus historias y Jacobo y él lo escuchaban con gran admiración. Jacobo siempre decía que él iba a ser igual o mejor jinete que su padre. Cuando llegara el tiempo de contar la historia de cómo se ganó a su mamá, Jacobo se hacía cuentos en su cabeza que algún día él haría lo mismo. Chebo lo oía con cierta picardía porque su mamá le había platicado que de todas formas se iba a ir con su papá, ganara o perdiera. Ella le había insistido mucho nunca revelar ese secreto, para que su papá siguiera creyendo su verdad.

–Después me hice viejo –les platicaba su papá––. Además otros más jóvenes que yo también querían conquistar sus amores. Por eso ya no corrí más.

Ni siquiera el traqueteo del tren impidió que Chebo oyera esas palabras de su papá casi como si de veras estuviera ahí. Su padre les había contado muchas anécdotas. Tantas que ahora que ya tenía ocho años y se ponía a contarlas se daba cuenta que algunas no eran ciertas. Pero eso no importaba. Los recuerdos de cuando vivía su padre siempre eran bonitos.

Todo había cambiado desde la muerte de su padre y de su madre ese maldito quince de febrero de 1961. Nunca olvidaría ese día que cambió totalmente su vida. Nunca olvidaría lo injusto que fue el accidente. Nadie debía haber muerto. ¿Por qué nomás sus dos padres fallecieron? De todas las personas que había ahí en ese momento, sólo sus padres habían fallecido. Nunca entendería eso.

Ahora no sabía qué iba ser de ellos. Sólo la presencia de Jacobo lo hacía tranquilizarse. En los últimos siete meses desde la muerte de sus padres había llegado a pensar en Jacobo casi como un nuevo padre. Cierto que ya no jugaba mucho con él. Pero eso era porque Jacobo tuvo que hacerse cargo de todos los asuntos de su padre. Chebo lo espiaba cuando Jacobo se sentaba en aquél escritorio de madera, como lo hacía su papá, para entender las cuentas que se tenían que pagar. Jacobo no era bueno con los números y por eso se quedaba toda la noche hasta caer dormido encima de los papeles. Pero cuando se daba tantito tiempo, le contaba unas historias que decía que nomás a él se las había contado su padre. Era pésimo para contarlas y siempre se le venían abajo cuando se enredaba en sus propias mentiras. Los dos soltaban la carcajada cuando eso pasaba. Esos eran los únicos momentos de alegría en esos siete meses.

Así es como a Jacobo le tocó tratar de hacerse cargo de los asuntos de su papá. Así le tocó a Chebo hacerse cargo de los asuntos de su mamá. Haciéndose bolas e ingeniándoselas a como diera lugar, pudo tenerle comida a Jacobo todos los días y a la vez mantener la casa limpia hasta el momento que se tuvo que vender.

El día que se vendió la casa se fue a llorar al río. Esa casa era su mundo. En ella aún sentía el calor de su madre. En ella aún retumbaban los gritos de su padre cuando les ordenaba que fueran a lavarse las manos. Todo ese sentimiento, las pequeñas cositas come les decía su mamá, aún estaban ahí. Su mamá siempre le decía que eran esas pequeñas cosas las que daban la felicidad. Por eso no entendió cuando Jacobo le dijo que tenían que vender, que era mejor así. De nada sirvió que abogara entre sollozos que por favor no la vendiera. La casa se vendió. Ahora se iban a Cd. Juárez. Su tío Porfirio, a quien conocían sólo por medio de cartas, los esperaba en la estación.

§§§§

Los primeros rayos del sol hicieron despertar a Jacobo. Normalmente su sueño pesado le brindaba suficiente descanso pero al abrir los ojos todavía sentía la fatiga del día anterior. Hubo que recoger todos los muebles y llevarlos con Doña Cleotilde. Después tuvo que limpiar el granero pues era una de las cláusulas del contrato de venta de la casa. Luego tuvieron que empacar y caminar los cinco kilómetros hasta la estación del tren; cargando todo el titilichero del que Chebo no se había querido separar y él no tuvo el corazón de forzarlo que los dejara atrás. Extrañaba todo. Pero era mejor no demostrárselo a Chebo. Ya bastante hacía Chebo con aguantarse y no llorar más. Ahora tenía que preocuparse por lo que venía adelante. Volteó a ver a Eusebio que se había quedado dormido con su cabeza recargada en la ventanilla. Estiró el brazo y lo atrajo contra su hombro, sintiendo su cabecita floja. Sabía que tenía que cumplirle la promesa a su padre de que Chebo fuera a la escuela.

–Tiene la inteligencia de su mamá –le decía su padre–. Y si a este no lo hago todo un señor doctor o licenciado, no me llamo Jacobo Rodarte.

Pero los años se le hicieron cortos y ahora era él mismo, Jacobo Rodarte, hijo, que tenía que cumplir con los deseos de su padre. No sabía si su tío Porfirio se fuera a oponer a que Chebo fuera a la escuela. Doña Cleotilde le había dado muy malas referencias sobre su tío. Le decía que Don Porfirio manejaba un grupo de mensajeros, que agarraba a los muchachos de la calle para pagarles muy poco y trabajarlos mucho. En fin, no se lo dibujaron muy bonito que digamos. Pero Doña Cleotilde tenía fama de ser medio chismosa y se rumoreaba que ella y el tío Porfirio habían sido novios de jóvenes y que la habían dejado vestida y alborotada. Eran sólo rumores. Pero de ser ciertos, tenía bastantes argumentos para hablar mal de su tío.

3

§§§§

Una voz soñolienta lo sacó de sus pensamientos. – ¿Ya llegamos?

–Todavía no, Chebo. Faltan tres horas. Yo acabo de despertar.

–Si bien flojo que eres –le respondió Chebo, restregándose los ojos con las palmas de las manos –te dormiste re temprano. Yo no. Yo me quedé viendo por la ventana casi toda la noche.

–Si quieres duérmete otra vez –repuso Jacobo, viendo que su hermanito apenas si podía abrir los ojos. –Al cabo ya sabes que cobro veinte centavos por recargarte en mí.

– ¡Mira, mira, qué chistoso –respingó Chebo, –si yo me pusiera a cobrarte todas las comidas que…

–Mejor ahí le paramos. Si no te voy a salir debiendo un chorro. A propósito, ¿traes hambre?

–Pues ahora que me dices, pues sí. ¿Nos quedó algo de lo que empacamos?

–Ni sueñes, ¿o no te acuerdas que te lo atrancaste todo?

– ¿Yo?

–Sí, tú –contestó Jacobo apenas pudiéndose aguantar la risa al ver la cara de incrédulo que tenía Chebo.

–Si tú fuiste quien estuvo de tragón. Hasta la manzana te tragaste.

–Pues quien te manda estar nomás de bobo viendo por la ventana. Aquí el que no se pone trucha valió sombrilla.

–Nomás porque estas más grandote…

–Ya pues. Mira. Al rato llegamos a la estación. Te compro unos taquitos cuando suban a vender.

Pero no había subido nadie. Se tuvieron que conformar con unos asaderos en Samalayuca, ya casi por llegar a Juárez. El alboroto de voces había renacido con el sol y una pareja con un niño bien llorón se sentó atrás de ellos. Le preocupaba a

4

Jacobo pensar si su tío no fuera a esperarlos. La carta que le había mandado pudo no haberle llegado, como tantas otras que se le habían perdido a su mamá.

–No te apures –le dijo a Chebo, tratando más bien de calmar sus propios nervios que de tranquilizarlo, –ya mero llegamos.

Chebo no respondió pues otra vez se entretenía viendo por la ventana. Como al minuto respondió: –No, si no me apuro. Pero si no vinieras tú entonces otro cuento sería.

A Jacobo no le pasó inadvertida la mirada de confianza de Chebo. A veces se le figuraba ver a su mamá en la cara de su hermanito. Los dos tenían esa misma mirada, casi como diciéndole que dependían enteramente de él. Pobre Chebo, pensó, cree que yo sé en lo que nos estamos metiendo.

–Bien haces – contestó al rato, tratando de romper el silencio que se había formado, –yo me las sé de todas, todas.

El conductor gritó, sobresaltándolos, –Siguiente estación es Juárez. Junten sus maletas, que esta es la última.

Los dos sintieron esa ansiedad en la boca del estómago, pero nada se dijeron uno al otro.

Capítulo II

Al bajar del tren se encontraron en medio de una muchedumbre a la que no estaban acostumbrados. A la gente no le importaba a quién tumbaban. Ellos iban a lo suyo y al diablo los demás. Chebo detenía con grandes esfuerzos las dos maletas que cargaba. De milagro lograba no ser derrumbado. Oía la voz de Jacobo que le gritaba preguntándole dónde estaba pero no le podía contestar porque se le figuraba que si abría la boca se le iban a caer las maletas. Vislumbró que estaba más desahogado cerca de una pared y empezó a caminar hacia ella. A duras penas arrastraba las maletas cuando de repente lo levantaron en peso. Un hombre bigotón y gordo lo abrazaba y le preguntaba que si cómo estaba. Quiso luchar para desatarse de aquel abrazo cuando oyó que le decían que se estuviera quieto, que era él, su tío Porfirio. No quiso escuchar más y se echó a llorar.

–¡Uy, qué rajeta! –le decía Don Porfirio, bajándolo al piso. –De haber sabido que eras tan llorón, mejor ni te saludo.

–¿Tío Porfirio? –Era la voz de Jacobo que los había encontrado.

–El mero. Eres Jacobo, ¿verdad? –contestó Don Porfirio, olvidándose por el momento de Chebo. –Uy, mira nomás, si ya estás hecho todo un hombre, muchacho. Ven acá. Dale un abrazo a tu tío.

Jacobo lo complació y volteó a ver a Chebo, que seguía llorando.

–No hombre, este escuincle es ´re chillón. Nomás lo agarré y se arrugó todo. Yo lo reconocí por fotos que me había mandado tu mamá.

–Es que se asustó, tío –repuso Jacobo–. Y volteando con Chebo:
–Ya está bien, Chebo, es el tío Porfirio. Con él nos vamos a quedar. No es para tanto.

–Déjalo, déjalo –interrumpió Don Porfirio–. A mí nunca me han gustado los escuincles chillones. Pero ven, acá tengo un taxi esperando–. Luego, echándole el brazo al hombro, condujo a Jacobo hasta el taxi mientras Eusebio los seguía, cargando sus dos maletas.

§§§§

La casa del tío Porfirio era pequeña y estaba impregnada de un olor a falta de limpieza. Una salita con muebles medio rotos; una recámara muy desordenada, con ropa colgando de una cómoda de madera mal pintada; una cocina con una estufita de dos parrillas, un lavabo lleno de trastes sin lavar y un refrigerador que no olía muy bien; la mesa era mejor dicho un montón de cajas empalmadas; el baño también era pequeño y desordenado y daba hacia otro cuartito donde debían de dormir.

–Bueno, sé que no es gran cosa –empezó Don Porfirio con su misma voz que parecía de trueno—pero es mía. Tú sabes cómo son las cosas, Jacobo, uno de soltero pues nomás no se da uno tiempo para estas cosas.

–No se apuré Ud. por eso, tío. Está muy bonita y estoy seguro que vamos a estar a gusto aquí. Ya verá que en un dos por tres se la arreglamos mañana.

–Sí, sí, ya veremos. Pero siéntate. Creo que tengo unas cervezas en el refrigerador. ¿Quieres una? Claro que quieres –continuó sin esperar respuesta—si ya no eres un niño. Ve y traite dos y nos ponemos a platicar.

Chebo se quedó nomás viendo. A él no le habían ofrecido nada y traía sed. Jacobo se percató de ello y pregunto: –Oiga, tío, ¿no tiene de casualidad leche o agua para Chebito?

–¡Leche! Ni lo mande Dios. Pero hay agua en el botellón. Por ahí ha de haber un vaso.

Jacobo regresó con dos botes de Tecate y le dijo a Chebo que fuera a agarrar agua del botellón. No le tuvieron que decir dos veces y se escabulló pronto a la cocina. Sabía que no le había caído bien a su tío. Buscó en el trastero por un vaso limpio y no encontró, así que se puso a lavar uno. Lo llenó pronto y se acabó el agua de dos grandes tragos. Traía mucha sed. Lo volvió a llenar y esta vez se tomó el agua más despacio. Desde ahí oía a Jacobo explicarle a su tío que no juzgara mal a Chebo, que sólo había sido el susto porque no lo conocía, que realmente era buena onda. Después le perdió el hilo a la conversación y se dedicó a ver el desorden que tenía en la cocina. Corcholatas por todo el piso, el refrigerador chorreado por todos lados, trastes que quién sabe cuánto tiempo estaban sin lavar. Qué contraste con la cocina de su mamá. Ella siempre la tenía bien limpia. Casi como un espejo. En eso oyó que su tío le preguntaba a Jacobo si quería ir a echarse otras cervezas y de pasada enseñarle algo de la ciudad.

–Con todo gusto, tío, pero es que a Chebo no lo van a dejar entrar a la cantina.

–No hombre. Nomás tú y yo. ¿Para qué queremos cola? Él que se quede aquí. Uno nunca sabe cuándo se va a encontrar uno a algunas morras por ahí.

–¿Morras?—preguntó Jacobo, que nunca había oído esa palabra.

–¡Uh que la! Se me olvidaba que vienes de rancho. Vamos. En el camino te explico.

Jacobo fue a la cocina a explicarle a Chebo, pero éste lo interrumpió, –No te apures. Voy a estar bien. No me da miedo quedarme sólo–. Al cerrarse la puerta tras ellos, Chebo no pudo contener su sentimiento y empezó a sollozar. Limpió sus lágrimas con el dorso de su mano y se puso a pensar en la actitud que había tomado su tío hacia él. Se le ocurrió que quizás limpiando un poco la casa las cosas pudieran cambiar. Además, eran apenas las tres de la tarde. No tenía nada que hacer.

§§§§

Como a las siete de la tarde el hambre ya no lo dejaba tranquilo. Esos gritos de "Elotes, elotes..." le hacían crujir las tripas, así que no le importó gastarse el único peso en uno. Lo pidió con chile y sal y escogió uno mazorcudo para que lo llenara mejor. De las siete a las diez se quedó sentado en la banqueta viendo pasar los carros y acordándose de sus papás. A las once empezaba a cabecear sobre el sofá hasta que el ruido en la puerta lo despertó. Su tío Porfirio traía casi a rastras a Jacobo, que hacía lo imposible por caminar derecho.

–¡Jacobo! –gritó Chebito –¿qué paso, qué tienes?

–No es nada, mocoso. Nomás se le subieron un poco las cucharadas—le contestó su tío con expresión de disgusto. –Tú no te preocupes. Esto es cosa de hombres–.

–Pero es que Jacobo nunca toma.

–Pues ya le tocaba empezar, ¿no? –dijo Porfirio, dejando caer a Jacobo en el sofá. –Además, no lo hiso tan mal siendo la primera vez–. Y con una risita burlona le decía a Jacobo que no le había aguantado nada. Luego, dirigiéndose a Chebo: –Y tú, Chebo, ¿qué hiciste todo este tiempo? Yo pensé encontrarte dormido.

8

La voz del tío Porfirio se había ablandado poco y eso le inspiró confianza a Chebo para contarle que había alzado un poco la casa y que después se la había pasado viendo los carros pasar.

–Ah, qué chamaco –repuso Don Porfirio echando un suspiro, –ya bien me decía tu madre que eras igualito a ella. Ya ves, hasta en lo llorón se parecen.

–Yo no soy llorón –respondió Chebo, tratando de defenderse un poco.

–Sí, sí…ya sé. Me explicó Jacobo que fue puro susto. ¿Estás enojado conmigo?

–No… –contestó Eusebio con una voz débil y quebradiza —lo que pasa es que no sabía que fuera tan enojón, tío.

Don Porfirio soltó la carcajada. –Si no es que sea enojón, Chebo. Lo que pasa es que así soy yo, medio gruñón. Pero ya me iras conociendo. Unos días parezco ogro pero la mera verdad es que me alegro que estén aquí. Uno aquí sólo a veces lo vuelve a uno medio huraño. Pero vas a ver, nos la vamos a poder llevar bien. Por ahora yo me voy a dormir. Tú ayúdale a Jacobo y se duermen en el cuarto atrás del baño. Les puse bastantes cobijas para que se acomoden como puedan. Mañana decidiremos en qué los ponemos a trabajar.

–Sí, tío. Buenas noches.

Nomás se cerró la puerta de la recámara de Don Porfirio, Jacobo brincó del sofá como con nueva vida, asustando a Chebito que apenas pudo contener el grito.

–Ora, no asustes… –exclamó Chebo.

–Silencio…no hagas ruido.

– ¿Pues qué no debías de estar bien cuete?

–Me hice el borracho porque el tío no tenía para cuando. Ya hasta me quería embarruscar unas viejas de allí. Pero mejor vámonos a nuestro cuarto que ahí te cuento mejor.

Ya en el cuarto, estando por debajo de las cobijas, Eusebio rompió el silencio. – Dime qué pasó.

–Pues realmente casi nada. Nos fuimos derechito a la cantina y el tío parecía barril sin fondo. Tomaba cerveza tras cerveza como si fuera agua. Lo malo es que quería que tomara yo lo mismo que él, y, pues ni a patadas le iba a aguantar. Así que me hice como que se me estaban subiendo muy pronto. Además, no me gustaba la idea que estuvieras aquí sólo.

–Sabes, Jacobo, me cae que eres a todo dar. Tú siempre preocupándote por mí. Me dijo el tío que le habías explicado por qué lloré. Eso es ser compa.

–Por eso somos hermanos, ¿no?

–Sí, pero es que mi mamá siempre me insistía que cuando alguien hace algo bueno por ti, pues hay que estar agradecido. Y pues por eso te lo digo.

–Bueno, bueno, no es para tanto. Nomás no te vayas a poner todo sentimental y empieces a lloriquear. Siempre que te acuerdas de mi mamá te pasa lo mismo.

–Ya no voy a hacer eso y ¿sabes por qué?—sin esperar respuesta, Chebo continuó–. Es que venía pensando en el camino en lo que decía abuelita. Decía que Diosito la iba a convertir en una estrella para poder guiarnos. Y, bueno, creo que Diosito ya tuvo bastante tiempo para saber que nuestros papás también fueron buenos y ya han de ser estrellas.

Al largo rato Jacobo agregó: –A veces me sorprendes, Chebo. Dices cosas muy bonitas que yo quisiera creer. Daría cualquier cosa para pensar como tú...poder ser niño otra vez.

–¿Por qué no lo crees, Jacobo. Esas cosas son ciertas. Abuelita no me mentiría.

§§§§

Jacobo se encontraba despierto cuando dieron las seis de la mañana. Despertar en una casa extraña lo había desconcertado. Recordaba las palabras de su tío que los iba a poner a trabajar. Por él estaba bien. Era de esperarse. Pero Chebo debía ir a la escuela. Jacobo nunca pudo ir más allá que la primaria. No había dinero. Distinto a él que siempre batalló en la escuela, Chebo era abusado y se sacaba las mejores calificaciones. El año escolar estaba a punto de comenzar y tenía que investigar dónde ponerlo. Necesitaba discutir esto con Chebo.

–Chebo, despierta. Necesito hablar contigo acerca de la escuela.

–¿Escuela? ¿Dijiste escuela? –preguntó Chebo dando un salto de gusto al pensar que iba poder seguir yendo. –¿Voy a poder seguir en la escuela?

—Cálmate, Chebo. Eso es lo que yo quiero y lo que mi papá quería para ti. Pero el tío a lo mejor tiene otros planes. Cuando surja el tema, déjame a mí hablar. Si te pregunta, nomás dile que a ti te gusta mucho la escuela y quieres ir. ¿De acuerdo?

—De acuerdo. Pero ¿qué si nos echa de la casa por no querer trabajar?

—No creo que llegue a eso, pero…

La voz de trueno del tío los interrumpió. — ¡Vamos, arriba! Hay que empezar temprano para que el tiempo nos rinda. ¡Úpale, vamos!

—Ya estamos despiertos, tío —le contestó Chebo, —ahorita les preparo el desayuno.

—Ah, pues de veras. Ahora tenemos quien sepa hacer esas cosas. Ya me fijé que le diste anoche una manita de gato al apartamento. Gracias, Chebo, y apúrale porque ya me dio hambre.

En un dos por tres el desayuno estuvo listo. —Buenos días, tío —dijeron Chebo y Jacobo al mismo tiempo al entrar su tío a la cocina.

—¡Vaya, vaya! Esto si huele sabroso. Pues a entrarle, ¿no? Yo los voy a llevar hoy a conocer mi tallercito. No es gran cosa, pero es mío. Verán que se van a aprender lo que hay que hacer bien rápido. Así me van a poder ayudar a llenarles la panza porque como me contaba su mamá, son medio tragones.

Chebo y Jacobo bajaron la cabeza, fingiendo comer. Chebo veía a Jacobo como suplicándole que dijera algo. A Jacobo no se le ocurría cómo decirle a su tío sin que se sintiera.

—Y ahora, ¿qué pasó aquí? ¿Por qué tan callados de repente?

—Pues verá, tío… —empezó Jacobo —yo con gusto le ayudo en su tallercito en todo lo que yo pueda. Pero…pues verá…la ilusión de mi padre era que Chebo fuera a la escuela.

—¡Qué escuela ni que ocho cuartos! En primer lugar las escuelas del gobierno no sirven para nada y las particulares están muy caras. En segundo lugar ya le tengo su lugarcito a Chebo recibiendo las órdenes y despachando a los mensajeros. Digo, está bien que su mamá haya sido mi hermana y que le esté haciendo un favor de ver por Uds., pero esta es mi casa y mientras vivan en ella lo justo es que me ayuden los dos, ¿no creen?

—Pero es que… —quiso interrumpir Jacobo.

–No hay pero que valga. Ni una palabra más–. Don Porfirio hizo un ademán para indicar que consideraba la discusión terminada, pero Jacobo no era de los que se achicaban al hablarles fuerte.

–Ud. dispense, tío, pero al morir mi padre le prometí que Chebo terminaría la escuela. Y eso es algo que se lo voy a cumplir.

–¡Vaya, vaya! Hasta respondón me resultas.

–No es que le esté respondiendo, tío, pero una promesa es una promesa. Por dinero no se apure. Conforme se vendan los muebles que dejamos atrás y me empiezan a pagar las letras de la venta de la casa, yo le ayudo en que lo que necesite. Doña Cleotilde quedó en mandarme el dinero.

Sorprendido Don Porfirio ante la respuesta de Jacobo y presintiendo que su autoridad sobre ellos estaba amenazada repuso en tono paternal, –Mira Jacobo, por lo visto tú heredaste de tu papá lo firme de tus ideas. Pero déjame decirte una cosa, a los dos de una vez, que aquí no es la sierra, aquí no hay honor entre las gentes. Les sería imposible sobrevivir estando solos porque son muy inocentes a la vida de ciudad. Den gracias a Dios que yo los estaré protegiendo. Cuando llegue el día en que crean valerse por sí mismos, díganmelo y se van a vivir a otra parte. Por lo pronto aquí tienen su casa. Pero si van a vivir en ella van a tener que hacer lo que yo les indique. Ahora, que si no están de acuerdo, díganmelo desde ahorita–. Se dispuso a seguir almorzando, creyendo que el asunto estaba resuelto. Casi se quiso ahogar cuando Jacobo se levantó en plan de desafío.

–Tiene Ud. mucha razón, tío. Heredé muchas cosas de mi padre. Y una de ellas era de nunca faltarle al respeto. Y si nunca le falté al respeto cuando estaba vivo, no le voy a faltar ahora a su memoria–. Jacobo estaba erguido y su voz mostraba la seguridad que los últimos siete meses le habían dado. Chebo nomás veía asustado ante la posibilidad de quedar en la calle. Jacobo continuó: –Así que Ud. perdone tío si considera que le estoy faltando al respeto, pero si Chebo no puede ir a la escuela entonces le suplico que nos disculpe. Nosotros nos vamos. Recoge nuestras cosas, Chebo.

–No seas imprudente, Jacobo –empezó Don Porfirio sintiendo ira por la actitud de desafío de Jacobo—. No es justo para Chebo que lo vayas a exponer a todo lo que les espera allá–. No quería perder la oportunidad de tener ayuda gratis en el taller pero su orgullo propio le impedía ceder ante Jacobo. Además hacía el cálculo que en uno o dos días los tendría de vuelta suplicando que los acepte. Y con el aire de uno que quiere limpiarse las manos de toda responsabilidad, dijo: –Pues allá Uds. Yo ya bastante hice con ofrecerles mi casa. No los voy a detener.

§§§§

–¿Y ahora qué hacemos? –preguntó Chebo una vez que los dos estaban en la calle.

–No sé. Déjame pensar–. Habían caminado como por media hora. Sin rumbo alguno, cargando con los velices que ni siquiera habían desempacado. Jacobo leía los letreros de las calles, Tlaxcala, Cinco de Mayo, su expresión fija, sin enseñar la angustia que sentía de no saber a dónde ir. –Si seguimos esta calle, sé que topa con la 16 de Septiembre. Ahí hay un mercado. Lo sé porque por ahí pasamos ayer. Ahí decidiremos qué hacer.

Jacobo afianzó sus manos en los tres velices que él cargaba. Chebo hacía lo mismo con los dos que él cargaba, sabiendo que debía aguantarse como los hombres. Veía a Jacobo y le daba ánimo porque él no demostraba nerviosismo. Quería decirle que había hecho la decisión correcta, pero no se animaba por temor a cómo iba a reaccionar. A veces con Jacobo nunca se sabía. Cuando volteó Jacobo para preguntarle a Chebo si estaba cansado, Chebo vio su oportunidad diciendo: –Ándale, ándale…no busques excusa para parar. Si ya te conozco, te la quieres hacer de muy fuerte pero bien que vas pujando por dentro. Los dos se soltaron riendo y era como si todos los problemas de pronto se esfumaban. Jacobo le recordó el incidente allá en la casa vieja cuando un búho había asustado a Chebo y este había salido corriendo a esconderse debajo de la cama. Pero Chebo no se iba a quedar atrás y le recordó a Jacobo de la vez que le había ganado la apuesta de qué año había nacido Benito Juárez y lo había forzado a ir a sacar a bailar a la horrorosa sobrina de Doña Cleotilde.

–Contigo no se puede, Chebo. Siempre que te digo algo me la tienes que devolver, y peor. Ya déjame ganar una, ¿no?

–Pues quien te manda ser tan bartolo.

–Mira quien habla. Yo no me asusté con un búho.

–Sí, ¿pero qué tal te asustaste con Lucerito?

Jacobo reía cuando le contestó: –Ahí sí que tienes razón. Si me hubieran puesto a escoger entre Lucerito y el búho, me canso que prefiero al búho.

Las últimas cuadras se pasaron casi inadvertidas. Subieron por toda la 16 de Septiembre hasta llegar a la sombrita de las tiendas del mercado. Se sentaron en

13

una de las mesas de una nevería y ordenaron unos barquillos. Hasta ese momento se percataron que la gente los veía medio raro. Un hombre se les acercó preguntándoles que si qué vendían.

–No, no vendemos nada. ¿Por qué?

El hombre les respondió: –No…yo pregunto porque parece que se trajeron todo el chante.

–Es que venimos de viaje –le contestó Jacobo. Y con un gesto se retiró ese hombre para hablar con el dueño de la nevería. A Jacobo no le había gustado el tono de voz de aquel extraño. Y menos cuando parecía que estaba hablando de ellos con el dueño de la nevería. Casi ni escuchó cuando Chebo le preguntó que si qué quería decir "chante".

–Que si ¿qué es "chante"? –le insistió Chebo.

–Es otra manera de decir "casa". El tío me lo explicó ayer–. Jacobo se puso a revisar alrededor como si estuviera viendo todo por primera vez. En la esquina, estaba un estante de revistas, después una tienda de curiosidades y después la nevería donde estaban. Le había llamado la atención el señor que vendía revistas porque le faltaba un brazo. Pero más que eso había sido la mirada que por algún motivo le inspiró confianza.

Chebo se había ido a ver unas piñatas que colgaban del techo de una tienda cercana. Siempre le habían gustado las piñatas. Recordaba con alegría las fiestas en el pueblo cuando todos los niños trataban de quebrarla, para luego lanzarse al piso para recoger los dulces. Regresó implorándole a Jacobo que fueran a ver las piñatas más de cerca.

–¿Cómo les gustó el barquillo, muchachos? –interrumpió el dueño de la nevería, que estaba acompañado por el hombre extraño que le había preguntado que si qué vendían. –¿Gustan otro?

–No, gracias –contestó Jacobo—ya nos íbamos.

Jacobo levantó los velices para irse de ahí. Algo no le parecía bien. Se dio cuenta que el hombre extraño se había puesto como para impedir su camino pero el nevero, con un ademán, le señaló que retrocediera. –Bueno, si es así no los detengo –continuó el nevero—yo sólo quería decirles que…bueno, porque se ve a leguas que no son de aquí y que no tienen a dónde ir…quería decirles que conozco un lugar donde unas monjitas estarían encantadas de recibirlos. Digo…si están interesados.

Chebo se entusiasmó con la posibilidad de encontrar dónde quedarse, y preguntó, –¿No se te hace buena la idea, Jacobo? Si son monjitas pues de seguro nos tratarán bien.

Jacobo estaba indeciso. La idea, si fuera cierta, no estaba mal. Pero seguía sintiendo esa sensación de desconfianza. El estómago como que le gruñía siempre que sentía que algo no estaba bien. –Eso que sientes se llama intuición, Jacobo. Siempre hay que hacerle caso a la intuición –le había dicho su madre mil veces. Titubeó pensando que bajo el cuidado de monjas Chebo podría ir a la escuela. Al fin, eso le había prometido a su padre.

–¡No seas largo, Prudencio! –se oyó la voz del señor de las revistas–deja a estos chamacos en paz. Se ve que ellos son gente honesta, no saben de coyoteadas como las tuyas–. Luego, dirigiéndose a Jacobo, –No les hagas caso, muchacho. Aquí uno se hace mañoso casi por necesidad–. Enfadados el nevero y su amigo se retiraron sin intentar defenderse. –Me llamo Guadalupe Monteros –continuó el señor de las revistas, extendiéndole a Jacobo la mano izquierda, la única que tenía –pero aquí todos me dicen el Mocho.

–Jacobo Rentería—contestó Jacobo, sin extender su mano—y este es mi hermano Eusebio.

–Mucho gusto, muchachos.

Jacobo miraba desconfiado. Que coincidencia, pensó, que primero el extraño les preguntara que si eran vendedores, luego que trataron de engañarlos junto con el nevero, y ahora este hombre al parecer los defendía. Algo no cascaba bien. Era mucha coincidencia.

–Eso es, muchacho. Jacobo, ¿dijiste que te llamabas?, es bueno que no te fíes de nadie. Ni de mí. Más vale ser precavido por estos rumbos–. Y refiriéndose al nevero y al amigo, –Por esos dos no te preocupes, siempre andan tramando alguna coyoteada. Debías ver las movidas chuecas que les hacen a los gringos. Pero ellos tienen la pura billetiza y ahí mejor ni me meto. Pero Uds. son otra cosa. Yo también vine de la sierra ya hace muchos años.

–Y, ¿cómo sabe que venimos de la sierra? –preguntó Chebo antes de que Jacobo lo pudiera parar.

–Es un sexto sentido que uno tiene. Miren, ahí en mi estante estoy todo el día y veo todo tipo de gente. En todos estos años uno aprende a conocer a la gente–. Y apuntando una dirección en un papel, continuó: –Esta dirección es de una casa donde tratan de ayudar a personas como Uds. La corre una señora llamada Hortensia. Es una casa humilde pero al menos tendrán un techo bajo cual dormir. Si no se les hago de confianza entonces no vayan ahí, pero si les cae la noche y aún no encuentran nada, acuérdense de esta dirección.

Jacobo recogió el papelito y con unas gracias que no sabía si lo decía por costumbre, o porque de veras lo sentía, levantó los velices y empezó a caminar. Chebo rápidamente hizo lo mismo. –Suerte, muchachos—oyeron a sus espaldas pero siguieron caminando.

Habían parado a comer en Tortas Manolete y después habían caminado hasta encontrar el monumento a Benito Juárez. Jacobo necesitaba sentarse a pensar.

–¿Y si vamos a ver la casa esa que nos dio la dirección el señor de las revistas?— preguntó Chebo. –No perdemos nada con tratar.

–Es que se me hizo muy sospechoso. Todavía no estoy seguro si es de confianza.

–Pues yo no sé qué esperas. No tenemos otra opción. Nomás andamos camine y camine y ya al rato se oscurece.

–¡Mejor cállate, Chebo!—gritó enojado Jacobo. –Nomás sirves para estar molestando.

–Pero es que…

–Es que nada. En primer lugar soy yo quien tiene que tomar las decisiones, ¿no? Si fuera yo sólo pues claro que iría porque yo me sé defender sólo. Si me tardo en decidir es porque estoy pensando en ti. Ahora ya deja de estar fregando, ¿quieres?

Chebo sabía que Jacobo tenía la razón. Dejó que Jacobo pensara. Al largo rato dijo en voz bajita: –Yo no quiero molestarte, lo que pasa es que tengo miedo de quedarnos en la calle toda la noche.

Por primera vez advertía Jacobo que en realidad Chebo estaba muy nervioso. Se reprochó a sí mismo. Chebo todavía era un niño. Un niño muy trucha, pero al fin un niño. –Está bien, Chebo, vamos a esa casa. Creo que está a una cuantas cuadras de aquí.

Capítulo III

Resultó ser que la casa estaba más lejos de lo que creían. Y aun estando cerca no la hubieran encontrado de no ser por una viejita que les había dicho cómo dar con ella. La casa parecía más bien una bodega grande escondida por una barrera de árboles alrededor de cada lado. No sabían qué esperar cuando tocaron la puerta. Ya eran casi las once de la noche.

Una señora bastante alta que se identificó con el nombre de Hortensia les abrió la puerta. No era exactamente lo que estaban esperando. Ella tenía un aspecto rudo que no encajaba con el perfil de alguien que estuviera ayudando a niños. Su expresión era severa y su cabellera completamente canosa. Jacobo le calculó que tendría alrededor de cincuenta o sesenta años. Atrás de ella, llenando toda la apertura de la puerta con su inmenso cuerpo se asomó un joven de alrededor de veinticinco años que se llamaba Ignacio. Fácil pesaba unos ciento cincuenta kilos y por lo menos medía dos metros de altura. Era impresionante verlo. Jamás habían visto alguien de semejante tamaño.

Jacobo no sabía qué pensar de estos dos personajes. Hasta poco miedo se le reflejaba en su rostro. Les comentó que el Mocho les había dado esta dirección y que esperaba que pudieran ayudarlos.

Al parecer Hortensia se había percatado del miedo que reflejaba la cara de Jacobo, y le dijo, –Yo también quisiera tener una cara más maternal. Pero así me hizo Dios y ¿qué le vamos a hacer?– Sonrojado, Jacobo quiso contestarle y cuando menos disculparse pero ella se le adelantó. –Ya platicaremos mañana. Ya es muy noche y es mejor que duerman un poco. Los voy a poner en el cuarto que está en la orilla–. Los encaminó hacia el cuarto y, diciendo que tenía que atender a otros muchachos, se despidió de ellos.

Chebo fue el primero en tirarse sobre uno de los catres. En menos de dos minutos se había quedado dormido. Jacobo se preguntaba a sí mismo si habían hecho lo correcto yendo a esa casa. Empalmó los velices detrás de los catres y se recostó boca arriba en el único otro catre que había. Pensó que ya mañana iba a poder darse mejor cuenta de en qué clase de lugar se habían metido. Platicaría con los demás muchachos, si es que había, como lo había indicado Hortensia. Saldría alrededor para cerciorarse dónde estaban exactamente. Con tantas vueltas que dieron para dar con ella esa noche de plano no tenía la menor idea. Al rato el sueño lo dominó.

§§§§

Un murmullo de voces lo despertó de repente. Todo estaba obscuro. Las voces parecían provenir del cuarto principal. Apenas podía pescar ciertas frases; <<la pasada>>…<<autoridades empiezan>>…<<chamacos… >>. No podía hilvanar nada en concreto. Pensó en levantarse a averiguar pero el sueño lo volvió a vencer.
La luz del sol que se perfilaba por la ventana lo despertó. Por instinto volteó a ver que los velices estuvieran ahí. No supo si había soñado lo de las voces. Parecía muy real para ser sueño. Además, él nunca recordaba sueños. Calculó que esas voces se habían oído alrededor de las cuatro o cinco de la mañana. No precisamente horas de estar platicando, pensó. ¿Por qué habían mencionado a las autoridades? Dejó cerrar los ojos por un momento y se volvió a quedar dormido.

–Despierta, Jacobo–. Era Chebo que estaba sentado a los pies de Jacobo. –Ya estuvo bueno, ¿no? Van a ser casi las once de la mañana.

Jacobo se incorporó sobresaltado, dándose cuenta que otra vez se había quedado dormido. –¿Qué pasó? –dijo medio asustado.

–Pues nomás que ya son las once de la mañana y tú todavía de dormilón. La señora Hortensia ya pasó por aquí varias veces. Dijo que si no te levantabas que ya no iba a haber almuerzo. Así que levántate que yo sí tengo mucha hambre.

–Sí…sí…ya voy–. Jacobo se sentía confuso. Se peinó lo mejor que pudo y le preguntó: –Oye, Chebo, ¿de casualidad oíste algo anoche? ¿Así como que alguien estaba platicando alrededor de las cuatro o cinco de la mañana?

–Sí. Me despertaron por un rato. Ya ni friegan ponerse a platicar a esa hora, ¿verdad?

–¿Y escuchaste lo que estaban diciendo?

–Realmente no, ¿por qué?

–No, por nada. Es que creí que lo había soñado

–Pues si no te apuras lo que vamos a soñar es el desayuno que no vamos a alcanzar.

§§§§

El desayuno consistía de huevos con chorizo y un vaso pequeño de leche. No era gran cosa pero Hortensia les había dicho que era todo lo que tenía. No pronunció otra palabra hasta que terminaron de comer. –Y bien, muchachos, ya que están descansados y con alimento en el estómago, ¿me quieren decir algo de Uds.? ¿Están perdidos? ¿No encuentran a sus familiares? En fin, díganme lo que me quieran contar.

–Pues verá –empezó Jacobo, adelantándose a Chebo que muchas veces no sabía cuándo quedarse callado—anoche nos peleamos con nuestros padres porque no querían que siguiéramos la escuela y querían que nos pusiéramos a trabajar. No era gran cosa por mí, pues ya estoy grande, pero sacar a Chebo de la escuela no se me hacía buena idea. Y aquí nos tiene.

Chebo se quedó incrédulo mirando a Jacobo. Sintió una patada por debajo de la mesa y comprendió que por algo se estaba inventando esa mentira. Trató de poner una cara de que sí era cierto.

–¿Pero cómo fue que supieron de este lugar? –preguntó Hortensia, sospechando que le estaban contando una mentira.

–Fue un amigo nuestro que conocía al Mocho. Nos dijo que él nos podría ayudar, pues había oído que a veces eso hacía. Y, pues lo fuimos a buscar. Él nos dio la dirección. Buen hombre el señor. Y Ud. también, Doña Hortensia. Gracias por todo, la comida y todo. De corazón se lo agradecemos.

–Sí. Se lo agradecemos de veras. –interpuso Chebo regresándole la patada por debajo de la mesa.

Hortensia se levantó y muy minuciosamente empezó a recoger los dos platos de la mesa. Se notaba que lo estaba haciendo a propósito, para ganar tiempo para pensar. De pronto le gritó a Ignacio cuyo cuerpo apenas cabía por la puerta. Hortensia escribió algo en un papel y se lo dio a Ignacio. –Ve con el Mocho y dile que ya están aquí sus amigos, que ya no se preocupe. Dale esta nota personalmente, ¿me entiendes?–. Ignacio asintió con la cabeza. –Dile que es importante que me compre esas cosas en el mercado–.

–Seguro –contestó Ignacio en una voz medio aguda para su cuerpo. –¿Y con los Jackson qué hago? ¿Les digo que pasen o que esperen afuera?

–¿Ya llegaron?– Hortensia se mostraba preocupada. Jacobo aprovechó la oportunidad para decirle a Chebo en el oído que iba a tratar de irse con Ignacio y que se quedara ahí cuidando los velices. Chebo nomás asintió con la cabeza.

–Bueno, yo me voy –contestó Ignacio––ahí te los dejo a ti.

–Ah, perdón –interrumpió Jacobo– ¿me puedes dar un aventón al centro, Ignacio? Creo que tengo un trabajito en puerta y quiero revisar si todavía me lo ofrecen–. Luego, dirigiéndose a Hortensia, –En todo caso vuelvo más tarde por Chebo. Si no me dan el trabajo creo que nos regresaremos con nuestros padres. No con muchas ganas, pero quizás sea lo mejor.

Jacobo siguió a Ignacio. No dejaba de sorprenderse de lo inmenso de ese hombre. Él no era exactamente chaparro, midiendo un metro con setenta y dos centímetros, pero aun así le llegaba debajo del hombro. Ya afuera notó un carro color verde clarito, al parecer del año, que estaba estacionado enfrente. Una pareja ya grande se estaba bajando. Ignacio se dirigió a una troca ya vieja y la echó a andar casi sin darle tiempo a Jacobo que se subiera. Una vez en marcha, Jacobo volteó a ver una vez más el carro verde y aunque no pudo distinguir los números de las placas, se dio cuenta que eran de Texas.

La troca a leguas se notaba que necesitaba amortiguadores. Con cada hoyo que pasaban por mero se pegaban en la cabina. Jacobo usó eso para empezar a indagar. –Esos amortiguadores no sirven. Yo sé cómo cambiarlos. Yo te ayudo si te animas a cambiarlos.

Ignacio no le contestó e hiso una mueca para dejar claro que no le gustaba platicar.

Habiéndole fallado ese camino, Jacobo intentó otro. –Oye, Ignacio, ¿tú nunca fuiste luchador? Digo, porque estoy seguro que te he visto antes. ¡Ah, ya sé! Luchaste contra Gory Guerrero en Chihuahua hace unos tres años, ¿no?

–No. No era yo–. Al parecer Ignacio empezaba a salir de su silencio. –Gory Guerrero es mi ídolo. Bueno fuera que yo pudiera luchar como él–.

–Pero cómo que no––siguió Jacobo, habiéndole encontrado el lado flaco –si estás dos veces más grande que él–.

–Sí, pero yo no sé luchar.

–No me digas. Digo…con tu tamaño pues podrías ser toda una sensación. Por cierto, ¿en cuánto llegamos al mercado?

–Unos diez minutos, ¿por qué?

–¿Qué dices si nos damos una vueltecita por el gimnasio y vemos a los luchadores practicar?

–Seguro, pero después que le entregue esta nota al Mocho.

–No hombre, si vamos allá primero ya no vamos a encontrar a nadie practicando. Mira qué horas son.

–Bueno, pero nomás unos quince minutos.

–Ya vas.

§§§§

Al salirse Jacobo, Chebo se quedó parado sin saber ni qué hacer. No le gustaba mucho la idea de quedarse sólo. Además, ¿qué podía hacer él si le trataran de robar los velices? No había para donde correr ni a quien pedirle auxilio. Todavía no había visto a los demás muchachos así que ni modo que ellos le ayudaran. Viéndola bien, quizás sería alguno de los muchachos quien le intentara robar. Con ellos sí se pelearía, uno por uno. Mejor no hacerse migas con ellos. Recordó cuando él le había robado un lápiz a un amigo suyo allá en la sierra. Era uno de esos lápices suavecitos y de muchos colores de acá de El Paso. Pronto se arrepintió pues ese amigo lo arremetió de golpes y no supo cómo explicar el ojo negro al llegar a casa. Mejor no meterse en líos. Se iría al cuarto a cuidar los velices.

–Tú aquí quédate –le ordenó Hortensia, –voy a hablar con unos señores y luego vuelvo contigo. A ver si tú no eres tan mentiroso como tu hermano.

No se pudo imaginar cómo había sabido que Jacobo mentía. A él se le figuraba que Jacobo se oyó muy convincente. Pero como Doña Hortensia trataba con muchos muchachos, ya era experta en detectar mentiras. Eso debía de ser, porque su abuelita le decía que sólo Diosito podía leer nuestras mentes. Y pensando en Diosito, recordó que no había dicho sus oraciones la noche anterior. Nomás se había dejado caer en la cama y, zas, como muerto.

Decidió no hacerle caso a Doña Hortensia y se fue al cuarto. Los velices todavía estaban ahí. Empezó a rezar. Le pidió a Diosito que los cuidara ahora que estaban solos en Juárez. Le pidió que protegiera a Jacobo. Intuía que por algo lo había dejado sólo. Nunca lo dejaba sólo así nomás por cualquier cosa. Se estaba

21

acostumbrando a que Jacobo a veces lo tratara como niño y otras veces, como ahora, le dejaba mucha responsabilidad.

Se sentó en la cama para seguir rezando. Su mamá le había dicho que no era necesario hincarse al rezar, que lo único importante era que los rezos salieran del corazón. Y así sentado y con Doña Hortensia afuera, ni quién lo molestara.

<<Padre Nuestro que estás en los cielos, santificado...>> Qué diferente era rezar allá en su casa, cuando su abuelita se ponía a enseñarle las oraciones. Entonces no era difícil decirlas del corazón. <<...santificado sea su nombre, vénganos hoy Tu Reino...>> ¿Pero de qué estaría hablando Doña Hortensia? A la mejor debía ir a indagar para después platicarle a Jacobo. Ya no le gustaba este lugar. Y menos con ese elefante de Ignacio. Perdóname, Diosito, ¿dónde iba? <<...santificado sea Tu Nombre, vénganos hoy Tu Reino, hágase Tu Voluntad así en la tierra...>> Y todo esto nomás porque su papá había querido que fuera a la escuela. Esa promesa era una carga muy grande para Jacobo. <<...Tu Voluntad así en la tierra como en el cielo. El pan nuestro, dánosle hoy y perdona...>> ¿Y si el tío nunca los perdonara y tuvieran que quedarse ahí? No. Eso sería muy feo. Prefería aguantarle al tío sus cosas que quedarse allí. ¿Qué si esta gente no era buena? Se acordaba que su padre le decía a Jacobo que no todo era color de rosa. No sabía muy bien qué quería decir eso. Entendía que no todas las personas eran buenas, pero ¡ni lo mande Dios! <<...y no nos dejes caer en tentación, y líbranos de todo mal. Amen. >>

§§§§

Al leer el nombre de la calle, 16 de septiembre, Jacobo sintió que algo andaba mal. –¿Pues qué no dijiste que íbamos a ir al gimnasio—? En realidad no sabía si ese era también el camino al gimnasio. Pero sabía que por esa calle se llegaba al mercado y eso era lo último que quería. Tenía que averiguar qué contenía esa nota antes que la leyera el Mocho y lo descubrieran en la mentira. –Bueno, ¿vamos o no vamos?

–Después que veamos al Mocho. Se me olvidó que Hortensia me necesita allá y tenemos que regresar pronto.

–Está bien, como tú digas. ¿Para qué te necesita Doña Hortensia?

–Esos no son tus negocios.

–Para hablar con los señores esos...los "Yason" o ¿cómo los llamaste?

–Te digo que esos no son asuntos tuyos. Así que mejor ni preguntes.

–Está bien. Está bien. –continuó Jacobo preocupado de no hacerlo enojar—yo nomás preguntaba por preguntar, para ver si en algo podía ayudar–. Tenía que inventar una forma de leer esa nota. –Es más, si quieres yo le entrego la nota al Mocho y así no perdemos tiempo en buscar estacionamiento. ¿Qué dices?

–Hortensia me ordenó que la entregara personalmente. Y eso voy a hacer.

–¡Hombre! ¿Qué siempre haces lo que te dice Hortensia? Es más, si quieres me ves cuando se la dé. Y así se arregla el cuento.

–Mejor se la entrego yo.

–Ándale pues. Pero no digas que no te quise ayudar–. Jacobo se quedó callado, fingiendo estar enojado. Sabía que si eso no trabajaba, nada lo haría. Al casi llegar al mercado, Ignacio volteó y le dijo que estaba bien; que él entregara la nota. Sin darle tiempo a que se arrepintiera se la tomó de la mano, echándosela a la bolsa de la camisa donde también guardaba la dirección que le había dado el Mocho. Le extraño que Ignacio se pasara una cuadra del puesto de revistas, pero ahí estaba el Mocho, viendo los boletos de la lotería. Se bajó de la troca asegurándose de agarrar el papel con la dirección mientras Ignacio esperaba con el motor aún en marcha.

–Señor Monteros –le gritó Jacobo al Mocho. Luego en voz baja, –Vengo a regresarle la dirección que me dio. Decidimos mejor regresar a la sierra. Gracias de todos modos.

El Mocho recogió la nota casi por instinto. Luego, notando que la troca de Ignacio estaba ahí, jaló a Jacobo contra la pared con el único brazo que tenía. Amenazándolo, le preguntó que si de qué se trataba todo eso. Jacobo había quedado tan sorprendido que no supo ni cómo reaccionar. Por instinto se quiso defender, pero al ver que Ignacio se bajaba de la troca, se le helaron las manos. –Algo traes entre manos, méndigo escuincle –le seguía gritando el Mocho, –y si no me dices de qué se trata todo esto voy a dejar que Ignacio te haga pedazos.

–¡Jacobo! –se oyó la voz de trueno de Don Porfirio.

–¡Tío Porfirio!

–¿Qué diablos pasa aquí? ¡Suelta a mi sobrino, cabrón!

–No lo deje ir, tío –gritó Jacobo cuando el Mocho se quiso escurrir entre la gente para montarse en la troca y decirle a Ignacio que se arrancara. –Chebo está en peligro, tío. ¡Párelo!

–¿De qué hablas, Jacobo –le contestó el tío deteniéndolo de los hombros– ¿Qué peligro es este?– Jacobo empujó a su tío y se lanzó para alcanzar la troca. Con un rechinido de llantas la troca saltó a toda velocidad antes que Jacobo pudiera alcanzarla. Don Porfirio lo alcanzó. –Por dios, Jacobo, ¿quién era ese señor? ¿Y dónde está Chebo?

–Es muy largo de contar, tío. Tenemos que seguir esa troca, pues van a donde está Chebo.

–Está bien, está bien. Déjame agarrar un taxi. ¿Tienes la dirección?

Jacobo se llevó la mano a la bolsa, pero recordó que la nota con la dirección era la que le había dado al Mocho. –No sé la dirección…pero recuerdo algo…estaba cerca de la calle Insurgentes. De todos modos agarre el taxi. Quien quita y los alcancemos antes que le hagan daño a Chebo.

§§§§

–Pero si nos había prometido que ahora nos tendría a alguien.

–Lo sé, Sr. Jackson, pero Ud. sabe que hay muy pocos huérfanos que quieran ser adoptados. Los más grandecitos prefieren vérselas por sí mismos y a los infantes los recogen las autoridades.

–Pero es que ellos no nos permiten adoptar a nadie debido a nuestra edad –continuó el Sr. Jackson son su español inmaculado pero con un fuerte acento inglés. –Y a Uds. ya les dimos el primer anticipo–. Samuel Jackson era alto, de pelo completamente blanco, de cuerpo delgado, un poco encogido debido a sus años. Sin embargo su porte aún era elegante.

–Lo entiendo, Sr. Jackson—respondió Hortensia –pero si al menos no lo quisieran tan chiquito, entonces sería más fácil.

–That will be OK, Sam –interrumpió la Sra. Jackson– Maybe it will be best.

–But, Honey, you were so set on…

–Yeah, I know, but I really don´t mind. I just feel so lonely since Joseph died.

Afuera se oyó un rechinido de llantas y al poco rato entró el Mocho apurado. Hortensia notó la expresión del Mocho y se disculpó con los Jacksons.

–If you are absolutely sure, Honey, then we can ask them to look for someone older. But if you have any doubts whatsoever then I think we should wait.

–No. I don´t want to wait, Sam. We´ve waited long enough already. An older child would be more difficult, but I think we can do it.

–OK, I will tell them.

–Señores Jackson, –era Hortensia que había regresado– puesto que no hemos podido encontrarles a nadie, quizás pueda interesarlos en un muchacho un poco más grande.

–Pero si no acaba de decir que no tiene a nadie…

–Bueno, eso es cierto en parte. Lo que pasa es que no estábamos seguros si queríamos dar en adopción a este niño. Se llama Eusebio, pero le dicen Chebo. Y les voy a ser franca, la razón por la cual no estábamos muy seguros es que este niño tiene una manía. Está completamente convencido que tiene un hermano y que va a venir por él. Lo encontramos anoche vagando por las calles cargando unos velices. Y desde que está aquí, no hace más que cuidarlos.

–¿Pero es que está loco el niño este? –preguntó el Sr. Jackson.

–Oh, no. Al contrario, parece ser un niño muy inteligente. Lo que pasa es que se le ha de haber muerto su hermano y, Ud. sabe cómo son estas cosas, para un niño es muy difícil aceptar tragedias como esta.

–No sé si debamos... –titubeó el Sr. Jackson.

–Además, –continuó Hortensia, –se me olvidó decirles que nos vamos a tener que mover de la ciudad por una temporada. Enfermedad de familiares, Uds. saben. Precisamente eso fue lo que me acaba de informar el hombre que entró hace poco. Mi madre está al borde de la muerte.

–Lo sentimos mucho. –dijo el Sr. Jackson, sin de veras sentirlo.

– Gracias. Pero lo que me puede es no poder cumplir con nuestra parte del trato. Y ahora que me vienen los gastos de mi mamá, pues nos sería imposible devolverles el anticipo.

–Let´s see him, Sam. That poor boy will be left all alone once these people go.

–Está bien. ¿Dónde está este muchacho?

–Por aquí, –los dirigió Hortensia. –Les anticipo que el muchacho no va a querer irse con Uds. Hay que inventarle una historia. ¡Ya sé! Hay que decirle que Uds. lo van a llevar con su hermano. ¿De acuerdo?

–No se preocupe –respondió el Sr. Jackson –yo me encargo de hacerlo sentirse con confianza.

Al entrar al cuartito, Chebo seguía rezando. Al verlos quedó sorprendido que entraran los dos desconocidos. Le llamó la atención el pelo güero de la señora. Era la primera vez que veía a una persona güera.

–Chebo, –empezó Hortensia –estos son los señores Jackson; Samuel y Judith. Vienen a verte y a hablar contigo. Te traen noticias de Jacobo.

–¿De Jacobo? ¿Qué le pasó a Jacobo? ¿Por qué no regresó ya?

–Cálmate, cálmate por favor –le dijo Samuel en voz baja, tratando de inspirarle confianza –tu hermano está bien. No tienes que preocuparte por él.

–Oiga, Ud. habla muy chistoso. Y en todo caso, ¿cómo sabe de Jacobo?

El Sr. Jackson rio ante la ocurrencia de Chebo. –Mira, en primer lugar hablo chistoso porque soy americano. Y en segundo, se de tu hermano porque él me encargó darte un mensaje. Me dijo que viniera por ti y que te llevara a mi casa. Él también se va a estar quedando con nosotros.

–No le creo –le gritó Chebo—¡Jacobo nunca haría eso!

–Sí es cierto, Chebo –interrumpió Hortensia –Mira, hasta nos dio el papelito donde el Mocho le había escrito esta dirección. Toma. Véela. —Le entregó el papelito que había traído el Mocho. –¿Cómo puede ser que nos lo haya dado si no fuera para convencerte que dicen la verdad?

–No es cierto porque ellos ya estaban aquí para cuando Jacobo se fue. ¡Son unos mentirosos!

Hortensia parecía exasperarse ante la viveza de Chebo. Quiso agarrarlo por la fuerza pero con un ademán, el Sr. Jackson la detuvo.

Judith intentó poner calma al asunto. –Sam, can I speak with you alone?

–Certainly, dear. –luego a Chebo—Ahorita volvemos, no te preocupes, todo va a estar bien.

Una vez que estuvieron solos Judith continuó, –Sam, something tells me that the boy is telling the truth. I noticed the boy that left with Ignacio as we were coming in. Perhaps he is his brother.

–Nonsense. ¿Why would they hide that from us?

–I cannot answer that, but I do know that these people work outside the law. We only got their word that they help children that the authorities would otherwise not help. If his brother does exist, we can always find him, don´t you think?

Samuel se quedó pensativo por un rato. Sabía que la intuición de Judith nunca le fallaba. En el fondo él también reconocía que algo no andaba bien. –OK, Honey. Let me take care of this.

Volvieron al cuarto donde se encontraba Chebo. Hortensia se había posicionado en la mera puerta para evitar que Chebo intentara correr. Samuel le hizo señas a Hortensia que saliera un ratito. –El chico nos convenció. Lo adoptamos.

–Pero, ¿cómo le van a hacer para convencerlo? –preguntó Hortensia. Ya eso no le importaba en realidad, pero tenía que mantener la farsa.

–Eso déjemelo a mí. Yo me encargaré. ¿Cuánto les debo?

Con una sonrisa de oreja a oreja Hortensia les respondió que lo acordado, $200 dólares. El claxon de la troca pitaba repetidas veces con mucha insistencia. –Mire, Sr. Jackson, me esperan afuera para ver si podemos alcanzar el camión que va a la capital. Regularmente no hago esto pero...porque sé que son personas de confianza, les ruego que cierre la puerta cuando lo hayan convencido. Como comprenderá, con la noticia de la enfermedad de mi mamá, no tengo mente para otra cosa.

–Entiendo. Ud. no se preocupe. Aquí tiene los $200 dólares y vaya tranquila. Nosotros cerramos. Espero que pronto se reponga su mamá.

–Gracias por su amabilidad. Ahora tengo que irme. Adiós. –Y con un portazo salió Hortensia. Abordó la troca que con otro rechinillo de llantas se echó a volar.

Samuel regresó al cuarto donde Judith intentaba platicar con Chebo con el poco español que sabía. –Ud. habla todavía más raro que el señor –le decía Chebo.

–Es que ella casi no habla español –interrumpió Samuel—pero sí te entiende todo lo que tú le dices–. Chebo se percató que Hortensia no había regresado.

–¿Y la señora Hortensia?—preguntó.

–Se fue junto con los otros dos hombres.

–¿Y me dejaron sólo con Uds.?

–Sí. Pero no tengas miedo. No te vamos a hacer daño.

–Pero Uds. me quieren llevar y Jacobo no me va a encontrar cuando regrese por mí.

–Cuéntame de tu hermano, Chebo–. Samuel quiso evitar el tema hasta que les tuviera más confianza. –¿Dónde está tu hermano? ¿Por qué es que lo estás esperando?

–Pues, porque me dijo que lo esperara. No sé a dónde se fue, pero me dijo bien claro que me quedara aquí y que cuidara bien los velices. Y eso voy a hacer. Es más, creo que Uds. probablemente lo vieron salir cuando se fue con Ignacio.

–¿Entonces él era tu hermano?

–Sí. Y si no me creen puedo enseñarles los velices. Verán que hay ropa de alguien mucho más grande que yo.

–I told you, Sam.

–Está bien, Chebo. Si él era tu hermano y te dijo que lo esperaras, pues aquí lo esperamos los tres.

–Entonces, ¿eso quiere decir que ya no me van a llevar?

–Exactamente. Pero con una condición.

–¿Cuál?

–Que si no llega para cuando obscurezca, entonces te vienes con nosotros. Me imagino que no conoce bien la ciudad, así que quizás no pueda encontrar este lugar. Menos ahora que no tiene la dirección. De todos modos, le dejamos una nota diciéndole dónde puede encontrarte. ¿De acuerdo?

–Pues…no sé. Nunca le he desobedecido una orden…y me dijo que me quedara. Ay, Diosito, ¿qué hago? Si no viene por la noche es que no la encontró…si con la dirección tuvimos problemas…y no puedo quedarme aquí sólo–. Chebo sintió el peso de la responsabilidad de hacer lo correcto. Era suya la decisión. Tenía que pensarla muy bien.

Al largo rato, Chebo les anunció que estaba de acuerdo. –Pero conste que lo vamos a esperar hasta que anochezca.

§§§§

–Lo siento Jacobo, pero el taxista no quiso meterse en estos terregales. –El Tío Porfirio y Jacobo caminaban por una calle polvorienta y de grandes surcos. –Pero ese méndigo me las va a pagar. No quiso seguir porque sabe bien que saca más feria de pesetero.

–Ya déjelo, tío. Nada nos ganamos con quejarnos. –Jacobo caminaba aprisa forzando a su tío a correr para mantenerse parejo. No reconocía nada de su alrededor. Había estado tan ocupado tratando de sacarle plática a Ignacio que no se había dado cuenta de cómo había transcurrido el camino. De la noche anterior solo se acordaba de la tiendita donde le habían preguntado a aquella viejita que los ayudara. Era verde. La Poblana, o algo así, con un grande anuncio de Coca Cola en una pared. Pero al parecer nadie había oído de esa tienda. Quizás no era La Poblana. Solo sabía que por algo se le había quedado ese nombre en su mente. Además, no recordaba que hubiera tantos surcos donde estaba la casa. La calle por la que acababan de pasar se le hizo algo conocida pero no estaba seguro. Recordó que Ignacio no había dado tantas vueltas. Se paró de repente para tratar de recordar algo que les fuera más útil. Don Porfirio, aprovechando la pausa, se sentó contra una piedra para recobrar el aire. –Dígame, tío, ¿Ud. nunca se metió por estos lugares?

–No, muchacho, ni lo mande Dios. Por aquí no entro más que pura nada. Una vez una vieja me trató de traer por acá pero…bueno eso es otro cuento. ¿Por qué preguntas?

29

–Es que la mera verdad no recuerdo nada que nos pueda ayudar a encontrar a Chebo. ¡Maldita sea! Nomás estamos perdiendo el tiempo caminando sin rumbo fijo. –Jacobo fue a sentarse junto a su tío. –Si tan solo no le hubiera devuelto la dirección al Mocho.

–No es tu culpa, Jacobo. Era buena idea esa de regresarle la dirección para quedarte con la nota. Y a propósito, ¿qué dice esa nota? Hasta ahorita no me la has enseñado.

–Tiene Ud. razón, tío. Se me había olvidado. Ni yo mismo la he leído–. Y sacándosela de la bolsa la extendió para que los dos la pudieran leer:

<< Guadalupe, los muchachos que mandaste ayer están sospechosos. Dicen tener familiares aquí y creo que el grande se huele algo. Avísales a los muchachos y si crees que esto nos puede traer broncas, mándame instrucciones de qué hacer con ellos. Hortensia >>

Los dos se quedaron viendo la nota por mucho rato, leyéndola una y otra vez. Por fin Don Porfirio quebró el silencio, –¿Qué haces de esto?

–No sé, tío. Solo confirma mis sospechas. Para este tiempo ya han de haber decidido qué hacer con Chebo.

–Bueno, no hay que saltar a conclusiones pesimistas. Si no me equivoco ellos han de estar preocupados igual que nosotros.

–¿Y eso?

–Pues se ve por la nota que siempre embaucan a muchachos de afuera. Así nunca tienen temor de que los padres o familiares les echaran a la policía. Y como ya me vieron a mí…

–Con más razón y le quieran hacer daño a Chebo.

–No. No te creas. Esa gente por lo general no es tonta. Al parecer tenían su sistema bien coordinado. No creo que se arriesguen a ser atrapados con un asesinato encima de ellos.

–Ni de broma lo diga, Tío

–Piénsala. Es muy distinto ir a la cárcel por traficar niños que por asesinato. Esa gente lo sabe bien. Lo más probable es que lo dejen abandonado a que lo lastimen.

–¿Y si vamos con la policía?

–¿A decirles qué? ¿Qué te secuestraron junto con Chebo y que a pesar de que estuviste ahí con él no te acuerdas de la dirección? Ni lo pienses, Jacobo. Con eso no te dejan pasar más allá de la secretaria. Esos babosos no se mueven aunque les roben en sus propias narices.

–Pero tenemos que reportar esto a alguna autoridad, ¿qué no?

–Sí. Quizás tengas razón. Pero es que yo ya conozco a mi gente.

–Entonces lo único que nos queda es seguir buscando.

–Espera, espera. Se me acaba de ocurrir algo. ¿A cuáles muchachos se refería? Ha de haber otros que fungen como ganchos. A ver, Jacobo, ¿quién fue quien se les acercó primero?

–Oh, ya entiendo. ¡El nevero! Él fue el primero que nos empezó a sondear. Y había otro hombre que estaba con él. Ellos fueron los primeros que nos quisieron engañar y luego el Mocho se presentó como nuestro protector. Pero todo era parte del mismo plan. Hay que ir ahí a hacerlos hablar.

–De acuerdo, Jacobo, pero primero vamos a pasar por mi casa para sacar la pistola. Con una pistola sobre su cabeza, un hombre desembucha todo lo que sabe.

–Pues apúrele, Tío. –Jacobo ya se había levantado y empezaba a caminar. –Tenemos mucho que caminar y tal parece que se va a soltar el aire.

Una hora y media les había tomado en llegar a la casa. Don Porfirio no estaba en ninguna condición para aguantar tanto traqueteo pero no quería que Jacobo fuera sólo. Lo podían desarmar y hacerle daño. La pistola era grande, igualita a la que usaba el papá de Jacobo. Estaba llena de polvo. Era claro que no la habían usado en mucho tiempo. Tomando una gabardina pesada Don Porfirio se escondió la pistola dentro. –Toma. Tú usa mi chamarra. No lo dudo que el viento traiga lluvia. Siempre sucede así por estos rumbos. –Jacobo se pudo la chamarra quedándole bien de los hombros pero muy floja de la cintura. Sin pronunciar otra palabra salieron justo al momento cuando empezaba a lloviznar.

Para cuando llegaron al mercado la lluvia era más fuerte. Por fortuna no había ningún cliente en la banqueta mojada y el nevero estaba sólo en su negocio. –Tú quédate poco atrás, Jacobo. Y si notas que alguien se acerca cuando esté hablando con el señor, entonces sí te acercas. –Y sin esperar respuesta fue hasta donde se encontraba el nevero.

–Buenas tardes, señor –dijo el nevero– ¿Una nieve? ¿Un refresco?

–Venía buscando al señor que trabaja aquí en las mañanas.

–Para servirle. Prudencio Nevárez es mi nombre. Aquí estoy yo todo el día–. El nevero le estiró la mano.

–Soy conocido del Mocho –respondió Don Porfirio, clavándole la mirada y sin contestar el saludo.

El nevero quiso ocultar su nerviosismo. Nadie sabía que él y el Mocho hacían mancuerna. Intentó hablar lo más calmadamente que podía. –No lo conozco.

Don Porfirio notó el nerviosismo del nevero. –Pues verá que sí lo conoce. Y si se fija en el movimiento debajo de la gabardina, notará que tengo una pistola que le hará recordar muy pronto–. El nevero quiso estirarse para alcanzar algo debajo de la caja registradora pero Don Porfirio lo paró en seco. –¡Quieto! No sea estúpido. Voy a contar hasta diez para que me diga dónde tienen a mi sobrino.

–No sé de qué me habla –respondió el nevero con una voz que se le quebrantaba por el miedo.

–Una...dos...tres

–Le juro que no sé de qué me habla.

–Pues más vale que recuerde pronto porque si no le aseguro que por tratarse de mi sobrino, aquí mismo lo mato. Cuatro...cinco...seis...

–¡Está bien! Le voy a dar la dirección. Pero no podrá probar que yo estoy involucrado.

–Mire, señor, Prudencio me dijo, ¿verdad? Yo no soy policía y me importa un pito si puedo probarlo o no. Yo me lo quiebro aquí mismo si me miente con una dirección equivocada. Le costaría su vida. Ya sé dónde encontrarlo. –El nevero escribió la dirección en una servilleta y se la entregó a Don Porfirio.

Jacobo se había acercado cuando vio el temor en los ojos del nevero. Se sintió orgulloso de su tío. De algo le había ayudado ese vocerrón que se cargaba. Miró la nota y le cercioró que era la correcta. –¿Y qué hacemos con este cabrón, Tío?

–Déjalo –respondió. Y dirigiéndose al nevero, –Ya sabes. De esto a nadie le vas a platicar. Si descubro que intentaste alertarlos vengo derechito a mandarte al infierno.

§§§§

La lluvia había convertido los alrededores en un lodazal. Chebo y los Sres. Jackson comprendían que debían salir pronto de ahí para no atascarse. La tormenta no era una de esas que descargaban con furia por unos minutos y luego se terminaban. Seguía lloviendo tupido. Chebo miraba desde la puerta principal. Perdía las esperanzas de que Jacobo llegara. Por un instante pensó que a lo mejor era Jacobo quien estuviera en peligro y necesitara ayuda. Jacobo se podía cuidar sólo, pero Ignacio era un hombre muy grande y quizás lo haya golpeado y arrumbado en algún lugar desértico. Chebo al menos se sentía seguro con los Sres. Jackson. Se habían ganado su confianza. Sabía que le ayudarían a encontrar a Jacobo. Pensó que si nomás su tío no hubiese sido tan terco, ahorita no estarían en estos problemas. Y todo para que él pudiera ir a la escuela. No era justo. No era justo para Jacobo aunque le dijera mil veces al tío que era lo que su papá había querido. Si tan solo vivieran sus papás. Ahorita vendrían por él y todos cenarían en la casa como siempre lo hacían. ¿Por qué se fueron? ¿Por qué te los llevaste, Diosito? Ellos eran buenos. ¿Por qué a ellos y no a gente mala como la señora Hortensia? Ayuda a Jacobo a encontrarme, Diosito. Sé que está preocupado por mí.

–¿Qué tanto piensas, Chebo? –La voz de Samuel lo sacó de sus pensamientos. Sabía que se llegaba la hora de irse. Afuera ya casi no se veía nada. Sólo un pequeño foco a lo lejos, pasando la barrera de árboles.

–En Jacobo –respondió Chebo y luego añadió–. Se va a asustar mucho cuando no me encuentre. A la mejor va a pensar que me han robado.

Samuel se le quedó viendo profundamente. Por dentro sentía cierta admiración por ese niño que a pesar de todo no se dejaba llevar por el miedo. –Tú no te preocupes, Chebo, Jacobo ya está grandecito y cuando vea la nota que le vamos a dejar se sentirá aliviado de que te encuentras bien.

–Va a estar todo bien –agregó Judith en su español mocho. Luego, dirigiéndose a Sam—Tell him that I will do my best to help him find his brother.

Chebo se quedó sorprendido ante el idioma extraño que hablaba la señora Judith. Pero cuando lo abrazó recordó que de esa manera lo abrazaba su mamá y se dejó abrazar.

–Mi esposa dice que te va a ayudar en todo lo que pueda para encontrar a Jacobo. Y eso también corre por parte mía.

Chebo por primera vez en mucho tiempo se sintió mimado. En los últimos siete meses Jacobo había hecho lo imposible para que se sintiera mejor pero él nunca lo abrazaba. Se le formó un nudo en la garganta de sentimiento y no pudo contener las lágrimas. Casi por instinto se refugió en Judith tratando de no soltar el llanto.

–I´ll get his things, Judith. You take him to the car.

–OK, but don´t forget to write that note.

–I will take care of that. –Samuel no pudo evitar ver en los ojos de Judith cierta alegría de poder sentirse protectora. A Joseph lo había sobreprotegido causándole mucha inseguridad en sí mismo. Quizás por eso no se pudo acoplar cuando lo mandaron al ejército. Estaba demasiado mimado, demasiado acostumbrado que Judith siempre le resolviera sus problemas. La guerra lo había trastornado, lo había llenado de temor a todo. Quizás por eso no había podido defenderse. Quizás fue el mismo temor que le trajo la muerte. Pero no tenía caso recordar eso. De todas formas fue amor de madre lo que la había cegado. No le podía reprochar eso. En todo caso fue Joseph quien desde chiquito se mostró dócil y siempre prefirió oír los consejos de su madre a los de él. Ahora, si Dios le daba vida, quizás pudiera convertir a Chebo en el hombre que siempre quiso que Joseph fuera. Por un instante pensó que lo mejor era no escribir esa nota. Así Chebo tendría que quedarse con ellos. No. No debía ser egoísta como Judith lo había sido con Joseph. En todo caso, pudiera ser que Jacobo, una vez encontrándolo, también quisiera quedarse con ellos.

Samuel metió los velices en la cajuela del carro y se regresó para escribir la nota. Pensó que si la dejaba afuera, el aire se la volaría. Buscó una piedra para que le sirviera de peso y puso la nota abajito de la puerta; así no había peligro que no la vieran. Se volteó y tuvo que brincar un charco que parecía estar llegándole a la casa. En el carro, Chebo ya se había tranquilizado y estaba hincado viendo por la ventana de atrás con una última esperanza que Jacobo llegara. Al llegar a la primera calle pavimentada se le habían acabado las esperanzas. Se dejó caer en el asiento para no tener que ver para afuera. Al justo instante pasaba un taxi en sentido contrario.

Capítulo IV

La lluvia había cesado un poco pero las gotas seguían resbalándose desde la azotea trayendo consigo pequeñas piedritas que se desparramaban por la banqueta. Alicia Ahumada los estaba esperando en la puerta. Ya era una costumbre para ella. Su madre, que en paz descanse, había trabajado muchos años para ellos. Siempre que salían de su casa los Sres. Jackson la llamaban a la casa de su abuelita para que se las fuera a cuidar. Eran muy particular en cuanto a eso. Pero le pagaban bien y eran tan bondadosos con ella como lo habían sido con su madre. Hasta llegaron a ayudarle un poco con los gastos de su escuela. Además, le gustaba ir porque ahí tenía recuerdos de su madre. Estaba ella chica, de escasos cinco años cuando Dios había llamado a su mamá. Eran muchas las memorias que guardaba, como cuando le preparaba dulces en la cocina mientras los señores salían, o cuando le enseñaba las letras en ese pizarrón pequeño que Joseph ni de chico había usado. Pero más que todo, se acordaba de las veces cuando se iban al comedor y le leía de un libro muchos cuentos mientras comían palomitas recién hechas. Nunca más había visto ese libro pues se había enterrado junto a su mamá. Ya de eso habían transcurrido once años.

–Abre Alicia que traemos visita –exclamó Samuel al acercarse a la puerta cargado de velices. Judith y Chebo lo seguían atrás. Chebo cargaba los demás velices y casi se le caían por estar asombrado por lo bonito que estaba la casa. Se quedó con la boca entreabierta. Sus ojos recorrieron toda la sala pero la chimenea que estaba en la pared opuesta le había llamado más la atención. Era casi como la que ellos tuvieron en la casa de la sierra, aunque la de sus papás era mucho más humilde.

–Look, Alice, this is Chebo. He is going to be staying with us for a while. –Chebo reaccionó al oír su nombre y vió que Alicia le estiraba la mano.
–Hola, Chebo. Mucho gusto. Me llamo Alicia.

–Eusebio Rentería, para servirle –contestó Chebo en una voz claramente practicada, estrechando la mano de Alicia.

–¡Vaya! ¡Eres todo un caballero! – respondió Alicia, sorprendida ante la respuesta de Chebo, quien no pudo evitar ruborizarse y optó por bajar la mirada.

Samuel anunció que tenía que llevar a Alicia a su casa pero que pronto regresaría.
–Judith, you make Chebo comfortable in the meantime, ¿OK?

–Sure, dear.

–Bye, Mrs. Jackson. Adios, Eusebio.

–OK, let´s get going, Alicia. I want to come back to talk to our new son.

Una vez en el carro, Alicia no pudo contener su curiosidad. –¿Your new son?

–En español, Alicia, en español, por favor. Pues sí, Chebo va a ser nuestro hijo.

–¡Qué bueno! Pero, ¿de dónde lo sacaron? Se nota que está bien educado.

–Es un huérfano. Lo adoptamos hoy.

–Vaya, pues me alegro por Uds. Más bien por la señora Judith. Extraña tanto a Joseph. ¿Pero cómo fue que lo pudieron pasar por el puente?

–Influencias, Alicia, influencias.

–Ay, Sr. Jackson, yo no sé cómo le hace Ud. Parece tener conocidos por todos lados.

–Pues casi, casi, Alicia. Y si vieras que a veces me resultan de lo más… ¿cómo se dice "*useful*"?

–¿Usables?

–No, no. Esa no es la palabra.

–Pues entonces diga que le cayeron al puro centavo.

–Al puro ¿qué?

–Al puro centavo. Ay, ¿apoco nunca había oído esa frase?

–No.

–Bueno, pues esta es la lección de hoy de dichos mexicanos –los dos rieron mientras se dirigían al Segundo Barrio.

§§§§

Eran las cuatro de la mañana cuando Jacobo y Don Porfirio regresaban a la casa. No habían pronunciado palabra desde que habían salido de la jefatura de policía. Les habían confirmado que, en verdad, el Mocho y su grupo tenían antecedentes penales por robo y rapto de menores. El Mocho había estado cuatro años en la penitenciaría y les había jurado al salir que nunca lo volverían a atrapar. Les había gritado que no cometería el mismo error de la vez pasada; haber dejado que uno de los huérfanos lo delatara. También habían aprendido que la policía seguía su pista y que la investigación estaba a cargo de un tal Conrado Ramírez, pero que desafortunadamente estaba en vacaciones. Y esa había sido toda la ayuda que recibieron. Disque no podían hacerse cargo del caso, que no tenían los suficientes recursos, que ya era muy noche e imposible iniciar una nueva investigación a esa hora.

En el transcurso de regreso a la casa, Don Porfirio sentía un nudo en la garganta. Comprendía muy bien que de no haber sido por él, no se encontrarían en esos líos. Y lo peor de todo es que no sabían siquiera si Chebo estaba bien. ¡Qué protector había sido! Si su hermana, que en paz descanse lo viera ahorita. —¡Maldita sea con mi egoísmo y mi avaricia! —susurró entre dientes, sin que pudiese Jacobo oír. No sabía qué decirle a Jacobo. No sabía cómo darle ánimo. Sabía que en el fondo le echaba la culpa. Era natural. Sí era su culpa.

Jacobo permanecía callado. Había aprendido de su padre a mantenerse callado cuando su mente estuviera confusa. Había aprendido a no decir tonterías de las que después se pudiera arrepentir. No pensaba claramente. Lo único que le venía a la mente es si Chebo se encontraba bien. Era su obligación…la responsabilidad que le dejara su padre…y fallarle en eso…no sabría que decirle si en estos momentos bajara del cielo a reclamarle. Sabía que era su propia estupidez la que los había metido en estos líos. Primero, haber salido de la casa del tío. Después, haberlo dejado sólo. Eso era lo que más le punzaba en su conciencia. ¡Cómo se le podía haber ocurrido dejarlo a que se las viera por sí mismo, cuando ni él mismo podía saber en lo que estaban metidos! Tenía que hallarlo. No sabía cómo, pero tenía que hacerlo. Si tan siquiera pudiera encontrar a alguien de la banda del Mocho. Los haría hablar a como diera lugar.

—Siéntate, Jacobo —dijo Don Porfirio—te voy a hacer un lonche. No has comido en todo el día.

—Gracias, Tío —contestó Jacobo apenas oyéndose a sí mismo. Bajó la mirada al suelo y pasándose las manos por el pelo sintió ganas de llorar. ¿Por qué él? ¿Qué no había sido suficiente que perdiera a sus dos padres para ahora perder a su único hermano? ¿Qué había hecho para merecer esto? A veces dudaba que en realidad hubiera justicia en este mundo como le decía su mamá La justicia divina, le

llamaba. Más bien era como le había dicho su papá el día que el abuelo murió, –
Sólo la muerte es justa…esa se lleva a todo mundo, lo merezca o no.

Don Porfirio regresaba de la cocina con dos tortas en un plato. –Toma. Cómete
esto.

Jacobo levantó la torta y antes de darle la primer mordida preguntó: –¿Y ahora qué
hacemos, Tío? ¿Cómo le vamos a hacer para encontrarlo?

–No lo sé, Jacobo. Hay varias cosas que podemos hacer. Una, poner un anuncio
en el periódico, con fotografía y todo. Y la otra, regresar a aquella casa para ver si
encontramos algo que nos ayude.

–¿Algo cómo qué, Tío?

–No sé…direcciones, cartas viejas, en fin. Quizás Chebo mismo nos haya dejado
algo. Es muy listo y tú lo sabes. Con tanta lluvia y de noche era imposible buscar
algo.

–Tiene razón, Tío. Conociendo a Chebo, sé que sí pensaría en dejarnos algo.
Mañana mismo voy a ver qué encuentro.

–Mira, en mi tallercito tengo varias bicicletas que usan mis mensajeros. Llévate una.
También sería buena idea que preguntaras por los alrededores a ver si conocen a
esa gente. Alguien nos podría dar información.

–¿Y si Chebo está muerto?

–Por Dios, Jacobo, ¿qué clase de actitud es esa?

–Lo digo en serio, Tío. ¿Y si está muerto?

Don Porfirio se le quedó viendo fijamente notando que en los ojos de Jacobo se
empezaban a formar las lágrimas. –Pues si está muerto es porque fue la voluntad
de Dios.

§§§§

Casi acababa de cerrar los ojos cuando los gritos de “huevo fresco” lo despertaron.
Afuera el cielo se había despejado y el sol empezaba a brillar en las banquetas aún
húmedas. Por primera vez en muchos años había despertado sin que Chebo

estuviera a su lado. Siempre habían compartido cuarto y siempre era Chebo quien se despertaba primero. A veces se enojaba con él y terminaba aventándole la almohada cuando insistía que se levantara. Y para que no lo volviera hacer, lo agarraba a luchas hasta que pidiera perdón. De nada valía porque todo se repetía la siguiente mañana con el mismo cuento. Así se habían entendido siempre. Más por él que nunca podía expresarse con palabras en momentos oportunos. Siempre tenía que recurrir a jugar a las luchas con Chebo o simplemente se quedaba callado, con una sonrisa en el rostro. De todas maneras Chebo lo entendía y se lo decía en palabras claras y sencillas. Chebo tenía ese don. No le importaba expresar sus sentimientos más nobles. A él siempre se le hacía difícil y se sentía ridículo cuando lo intentaba. Pero así había sido su padre también y su mamá nunca había tenido problemas en entenderlo. Era un sexto sentido que ella y Chebo tenían. Sin embargo hoy sentía que si tan solo lo pudiera ver, que no tendría ningún problema en expresarle lo que le dolía no saber de él.

Había muchas cosas que hacer. Primero le diría al tío que fueran a ver otra vez al nevero, y entregarlo a la policía si fuese preciso, para que les dijera dónde podían encontrar al Mocho. Mientras, él se iría a buscar algo en la casa donde había dejado a Chebo. Ahora sí recordaba cómo llegar y en bicicleta sería mucho más fácil. También le preguntaría al tío cómo sería posible encontrar a los señores americanos que había visto. Quizás ellos aún se encontraban ahí cuando el Mocho e Ignacio llegaron. Lo importante era apurarse. Había que despertar al tío.

§§§§

Una vez los dos en el taller, Jacobo agarró una de las bicicletas y empezó el largo camino. El sol se sentía fuerte y las calles se empezaban a secar. Sólo donde las calles hacían surco o donde el drenaje no daba abasto se encontraban charcos de agua sucia. Sin embargo todo parecía sereno y apacible. Los vendedores de huevos frescos habían sido reemplazados por los que gritaban "limones…veinte por un peso… limones, limones". En esos momentos la ciudad no parecía ciudad. Más bien parecía un pueblo pequeño donde toda la gente se conocía. Casi no había carros en las calles y éstas parecían habitadas tan solo por las señoras que salían de la tienditas con la provisión para hacer almuerzo. Jacobo seguía pedaleando rápido para aprovechar el poco tráfico. Se le había ocurrido la idea de ir a buscar a la viejita aquella que les había ayudado. En la bicicleta sería más fácil dar con ella.

No había dado muchos rodeos cuando encontró la tienda. La Provinciana se llamaba. Y tal como había supuesto, la viejita se encontraba sentada bajo la sombra de un árbol enfrente de la tienda. Jacobo se acercó y se sorprendió cuando la viejita

39

lo reconoció antes que pudiera decir algo. –¿Cómo estás, muchacho? ¿Y tu hermanito?

–¿Entonces sí se acuerda de mí?

–Yo me acuerdo de todo lo que veo. Ni uno se me ha olvidado en todos mis años–. La viejita hablaba en un tono calmado. Su voz tenía un toque de sinceridad haciendo sentir a Jacobo que en verdad no eran habladas de la viejita.

–Bueno…no sé ni cómo empezar. Vine porque…

–Yo sé por qué viniste –interrumpió la viejita–. Quieres saber dónde está tu hermanito, ¿verdad?

–¡Sí! ¿Pero cómo lo supo?

–Podría decirte que lo adiviné, pero no. Lo intuí por tu expresión al preguntarte por él. A mis años uno aprende a hacer estas cosas.

–Entonces, ¿Ud. sabe dónde está? –preguntó Jacobo que por primera vez sentía un poco de esperanza.

–Tanto como saber dónde está, no. Verás. Yo veo todo lo que pasa por aquí pero cuando llueve o hace mucho frío me tengo que meter y conformarme con ver por la ventana.

–Si…sí…¿pero qué de mi hermano? –exclamó Jacobo impacientándose un poco.

–No comas ansias, muchacho. De nada sirve apurarse en esta vida–. Jacobo comprendió que lo mejor era escucharla sin hacer comentarios. Sabía que de todas formas le diría lo que supiera. Así eran la viejitas como ella.

–Como te decía –continuó la viejita–, cuando llueve me tengo que conformar con ver por la ventana. Pues verás. Unas cuantas horas antes de que empezara a llover vi la troca de Ignacio regresar. Al parecer llevaba mucha prisa. Al poco rato, una media hora más o menos, la vi pasar otra vez. Y si mi vista no me ha empezado a fallar, creo que la señora Hortensia iba con ellos.

–¿Y mi hermano iba con ellos?

–No te sabría decir. No lo vi a él. Pero eso no indica nada. Después empezó a llover y me tuve que meter–. Gran provecho, pensó Jacobo. Esta viejita se tardaba una eternidad para decir las cosas. Lo más seguro era que Chebo sí iba con ellos.

De haberse quedado atrás se hubiera esperado hasta que regresara. Pero lo importante era saber dónde habían ido.

–¿De mera casualidad no tiene idea de dónde hayan ido?

–No, muchacho. Yo sólo veo lo que pasa. Necesitaría ser adivina para contestarte eso–. Jacobo seguía impacientándose, pero se contuvo. Le dio las gracias y se subió a la bicicleta. De pronto recordó algo.

–Una pregunta más, señora. ¿No vio un carro verde, al parecer muy nuevo, con placas americanas?

–Ahora que lo mencionas, sí. Sí lo vi. Me extraño mucho porque llegó muy temprano y no volvió a pasar por aquí hasta que se había obscurecido. Mucho después que había visto la troca de Ignacio con Hortensia en ella. Por cierto que hasta se me hizo que iba a chocar con un taxi aquí en esta misma esquina.

§§§§

Entonces ese taxi muy probablemente era donde iban ellos, pensó Jacobo cuando había llegado al supuesto orfanatorio. Y si Chebo no iba con el Mocho en la troca, entonces era muy probable que se haya quedado con los americanos. Y eso quería decir que no lo habían encontrado por cuestión de minutos. Pero no. Eso era suponer mucho. No había razón para que dejaran a Chebo con ellos. Pero también no había razón para que los americanos se quedaran tanto tiempo. Tenía que pensar un poco más en eso. Lo importante era encontrar algo, una pista que le ayudara a encontrar a Chebo. La puerta aún estaba cerrada pero no le fue difícil entrar por una de las ventanas del lado. Gritó para ver si alguien se encontraba adentro. Solo escuchó su propio eco. En la cocina, los platos de donde había comido él y Chebo el día anterior aún estaban sobre el fregador. Todo parecía igual a como lo había dejado. Menos Chebo y los velices. Cada uno de los cuartitos vacíos. En la sala nomás quedaban las colillas de cigarros en el cenicero. Adentro no había nada que le pudiera ayudar. Pensó que quizás por fuera pudiera encontrar algo. Decidió salir por la puerta y brincar el charco que aún estaba enfrentito. De puro milagro no se había metido el agua. Lo único que le quedaba era investigar las huellas en el lodo. Al llegar solo había visto unas huellas que parecían de carro. Eso indicaba que en verdad el carro verde había salido de allí hasta que ya había llovido bastante. Volteo a darle un último vistazo a la casa y se percató de un papel que estaba en medio del charco. La lluvia casi lo había desbaratado. Lo quiso levantar y se trozó por la mitad. Las letras estaban borrosas y despintadas; imposible de leerlas. No le dio más importancia y arrugando el papel lo volvió a tirar

41

al charco. Pensó que quizás el tío haya tenido más suerte. Lo único que él había alcanzado era perder la esperanza de encontrar alguna pista.

La teoría del carro verde era la única que le dejaba un aliciente. No entendía exactamente por qué al creer a Chebo con los americanos lo hiciera sentir alivio. Los americanos podían ser parte de la banda, en todo caso. Pero algo le decía que no. Más bien parecían clientes. Y con lo que habían aprendido de la policía, ese papel les encajaba mejor. Y aún en el peor de los casos: que lo hayan "adoptado" para trabajarlo sin paga, eso estaba mejor que lo otro. Si el Tío Porfirio no encontraba algo más sólido, eso era lo único que les quedaba.

Al llegar a la casa no encontró al tío. Fue a buscarlo al taller con los mismos resultados. Los mensajeros dijeron que había salido desde temprano y no había vuelto, que lo estaban esperando para recibir más encargos. Jacobo pensó en ir a buscarlo al mercado pero decidió contra ello. Sin saber qué más hacer, les dejó dicho que si no llegaba en una hora que podían cerrar el taller e irse a sus casas. Regresó a la casa a esperarlo. Eran apenas las once de la mañana.

§§§§

Chebo durmió en una cama inmensa, mucho más grande de lo que estaba acostumbrado. Le habían dicho que era de Joseph que había muerto en la guerra. Le habían contado toda la historia; desde que estaba chiquito hasta cuando se tuvo que enlistar en el ejército. Con el Sr. Jackson interpretando y la señora Judith hablando con las lágrimas en los ojos, Chebo había podido entender. Lo había dicho con tanto sentimiento que hasta a Chebo se le había hecho nudo en la garganta. Aunque no lo conocía más que en retratos, sentía lástima por Joseph. Él nunca hubiera querido causarle a sus padres ese dolor si él se hubiera muerto antes que ellos. Se acordó de la "justicia divina" que le platicara su papá. Dios había querido que sus padres no sufrieran y eso lo tranquilizó un poco.

La señora Judith se había disculpado por tanto llorar y se había ido a acostar temprano. Pero Chebo se dio cuenta que era porque quería ir a llorar a solas. Se habían quedado solos él y el señor Samuel. Platicaron mucho. Más bien fue Chebo quien platicó mucho. Les contó cómo era su vida cuando aún vivían sus padres. En la sierra. Entre los árboles y las montañas. Le había platicado de su primera comunión y de su abuelita que le había enseñado las oraciones. Le había platicado de Jacobo; de cómo se había hecho cargo de él. Le había explicado que ahora veía a Jacobo casi como su papá, pero con la diferencia que con Jacobo podía jugar. Después le dijo de la casa en la sierra y cómo la extrañaba. No pudo explicarle muy bien por qué la consideraba todavía su casa, ya que se había vendido. Pero el

42

señor Jackson parecía haber entendido. Se le había quedado viendo todo el tiempo muy interesado en lo que le platicaba. Les dieron las tres de la mañana cuando decidieron ir a acostarse. El señor Jackson lo había levantado en vilo y lo había llevado hasta la recámara de Joseph. Luego se había despedido diciéndole que le gustaría que él fuera su hijo de verdad.

No sabía qué pensar de eso. Cierto que habían sido muy amables con él pero verlo como padre se le hacía muy difícil. Y la señora Judith, por más buena que también era, nomás no parecía una mamá. Más bien le recordaba a aquellas señoras que de vez en cuando iban a la sierra a repartir comida y a hacer mucho borlote por su gran evento de caridad. Lo único que hacían era darle a su mamá un día de descanso en la cocina y a ellos la oportunidad de irse a hacer los pobrecitos para que les dieran dos veces. Así se le figuraba la señora Judith.

La siguiente mañana buscó los velices para buscar ropa limpia pero para su asombro los encontró vacíos. Su primer impulso fue que se habían robado la ropa pero luego vio la nota que decía que toda su ropa estaba en el ropero. Corrió a buscar y efectivamente ahí estaban. De repente notó que había una puerta al fondo del cuarto que daba a un baño. –Híjole—pensó Chebo, –a lo mejor van a querer que me bañe todos los días–. Luego, viéndose lo sucio que estaba decidió mejor sí bañarse. Además nunca se había bañado en regadera. Allá en la sierra solamente en la casa de los ricos había esas cosas.

El olor a huevo con tocino lo atrajo a la cocina. Ahí estaba la señora Judith esperándolo a que llegara. Nomás se sonrió con él y con un ademán le dijo que se sentara. Chebo obedeció pronto. Luego en español le preguntó que si quería jugo. De pura vergüenza le contestó que no, pero de todos modos le dieron un vaso lleno. Chebo se sentía algo incómodo porque no sabía qué decir. Así que no despegó la mirada del plato hasta que terminó.

–¿Quieres más?—preguntó Judith.

–No gracias, así estoy bien –respondió Chebo. Se quedaron los dos viéndose sin saber qué decir. Por fin Judith rompió el silencio.

–Va a venir Alicia. Tu hablar mejor con ella–. Chebo notó que ella estaba tan sin saber qué hacer como él. Se le ocurrió algo con qué empezar a platicar.

–¿Me va a enseñar a decir algo en inglés para cuando venga Jacobo le pueda presumir? A ver, ¿cómo se dice mesa en inglés?

–Table.

–¿Teíbol?

–Sí.

–¿Y silla?

–Chair.

–¿Cheir? Uy si está ´re fácil. Ahí le va una oración: –Estoy sentado en una "cheir" comiendo de la comida en la "teíbol". ¿Cómo me salió? ¿Lo dije bien?

Los dos se soltaron riendo y siguieron jugando el mismo juego hasta que sonó la puerta; era Alicia. –Come in, Alicia. I have to leave to my doctor´s appointment. I was teaching Chebo some words in English. Maybe you want to continue.

–Sure, Mrs. Jackson. Don´t worry. I am sure we can find a lot of things to do while you´re gone–. Judith recogió el abrigo y su bolsa del sofá y diciendo adiós con la mano se despidió de Chebo. Al cerrarse la puerta Alicia se dejó caer en el sofá y dirigiéndose a Chebo preguntó: –¿Qué tanto te estaba enseñando?

–Pues…casi nada. Una que otra palabra.

–¿Quieres que sigamos con el mismo juego?

Chebo la pensó un poco y después contestó: –La mera verdad, no. Ya me estaba aburriendo. Además de muchas ya ni me acuerdo.

–Pobrecita. Es muy buena la señora pero a veces es medio chole, ¿no se te hace?

–¿Medio chole? ¿Qué quiere decir eso?

–Medio rarita, tú sabes.

–¡Oh! –contestó Chebo sin saber exactamente lo que quería decir. –Sí. A veces. Pero es que ella no sabe español—agregó Chebo tratando de defenderla.

–Si no te digo porque la esté insultando, tonto. Ella me cae bien. Sabes, mi mamá la quería mucho.

–¿Y ya no la quiere?

–No. No es eso. Mi mamá murió cuando yo estaba chiquita.

–Újule. Lo siento. Yo sé cómo se siente eso.

–Y tú, ¿cómo lo sabes?

–Mi mamá murió hace siete meses.

–Perdona, Chebo, no quise hacerte recordar.

–No le hace –contestó Chebo, –me gusta hablar de mi mamá.

–¿De qué te acuerdas más cuando piensas en tu mamá? Yo me acuerdo cuando me contaba cuentos de un libro que tenía. ¿Y tú?

–De muchas cosas.

–Sí, sí. ¿Pero cuál más?

Chebo se quedó pensando por largo rato. –Ya sé. Lo que más me acuerdo era cuando me decía secretos que ni a mi papá le decía. Como la vez que me platicó que hubiera escogido a mi papá aunque perdiera la carrera.

–Híjole. A ver, reburújamela más despacio. ¿Qué carrera?– Y cuando Chebo le terminó de contar toda la historia, Alicia se encontraba sentada en la orilla del sofá con las manos juntas de entusiasmo. –¡Ay, qué bonito! Hasta parece de película. ¡Chihuahua! Aquí los chavos no tienen imaginación. Puro, "¿quieres un ride, mamacita?" Deberían de irse a México un buen rato a ver si aprenden algo.

Chebo se había quedado sorprendido ante la reacción de Alicia. Ella se dio cuenta y dijo, –No me hagas caso. Son cosas de mujer.

–Te toca a ti. Platícame de qué es lo que más te acuerdas.

–Pues verás. Mi mamá trabajaba aquí y siempre que se iban los señores Jackson a una fiesta o algo, nos sentábamos aquí mismo. Prendíamos la chimenea y mi mamá me hacía palomitas. Sacaba un libro grande y de ahí me contaba muchas historias.

–¿Cómo cuáles? –interrumpió Chebo.

–Bueno, hay una que se me quedó grabada. Era de un hombre allá de hace muchos años que un día había llevado a mucha gente por el desierto hasta llegar al mar. Otros señores malos los andaban siguiendo y este señor que te digo hizo que el mar se abriera para que pudieran pasar. Y luego hizo que se cerrara cuando los malos iban pasando.

–Entonces te contaba de la Biblia—dijo Chebo.

–Pues quién sabe. Nunca se me ocurrió preguntarle cómo se llamaba el libro. Nunca se me ocurrió que era la Biblia. Oye, ¿pero tú cómo lo sabes?

–Mi mamá también me la leía. ¿Qué nunca la leíste tú sola?

–Pues no. Con el cuento de que mi abuelita, con la que ahora vivo, está muda, nunca me enseño que debíamos leerla.

–¿Ni cuando hiciste la primera comunión?

–Pues, sí, pero como estaba tan chiquita, ¿cómo crees que me iba a acordar? Mira, mejor cambiamos de tema. No me vayas a salir como el padre de la iglesia que nos da cada sermonsotes. Ya está medio anticuado el viejito ese. Sólo sirve para regañar.

–No debes decir eso de un padre…

–Sí, ya lo sé…pero es la pura verdad. No vayas a creer que no creo en Dios. Pero ¿para qué nos metemos en eso? Mejor cuéntame de tu hermano. El señor Jackson me platicó que tenías un hermano.

–Sí. Se llama Jacobo. Lo estoy esperando a que venga por mí. Le dejamos una nota en la casa de la señora Hortensia.

–A ver, platícame cómo estuvo eso–. Y Chebo le contó toda la historia. A veces le había dado la impresión de que no le creía pero para el final sabía que sí. –Oye, Chebo—continuó Alicia– ¿cómo le va a hacer Jacobo para venir por ti si no tiene papeles?

–¿Papeles?

–Pues para la pasada, tonto.

–Yo no necesité.

–Sí, pero a ti te pasaron de mojado. A él no lo van a dejar pasar.

–¡Yo no estaba mojado cuando pasé! –se defendió Chebo–. Ya se me había secado el pelo. Además, el señor Jackson había puesto su número de teléfono en la nota, para que Jacobo pudiera hablarnos. ¿No es suficiente con eso?

Alicia se percató de la inocencia de Chebo. –Tienes razón. Ya verás que al rato se comunica.

Capítulo V

El tío Porfirio no había regresado esa noche. Tampoco se había reportado al taller a dar instrucciones a los mensajeros. Al hablar Jacobo con ellos le dijeron que no les sorprendía, que ya otras veces había hecho lo mismo. Pero siempre se reportaba para el tercer o cuarto día con una cruda marca diablo. Les había preguntado que si qué hacían ellos cuando su tío no iba. Descansar, le habían contestado, porque el tío siempre llegaba dándoles una carrilla de miedo, disque para recobrar tiempo.

De los ocho mensajeros, eran dos los que siempre le contestaban a Jacobo. El resto parecía tenerle un poco de miedo y optaban por fingir que arreglaban sus bicicletas para que no les preguntara a ellos. Parecían contentos dejando que Tobías y Aurelio fueran los únicos en hablar. Tobías era el mayor de todo el grupo pero Aurelio era el que tenía más tiempo trabajando para el tío Porfirio. De todas formas ninguno de los dos pasaba de veinte años.

Había aprendido mucho acerca de su tío por medio de ellos dos. Aurelio lo estimaba mucho porque le había dado trabajo cuando más lo necesitó. Decía que por el tío su mamá ahora vivía. Le había adelantado el sueldo de un mes para poder pagarle al doctor. Por otra parte Tobías, queriendo entrar en confianza, le confesó a Jacobo que el tío por más bueno que lo pintaran lo controlaba una sola ambición: el dinero. Le contó que al pobre de Aurelio lo trabajaba como perro porque sabía que si rezongaba aunque fuera poco, nomás tenía que recordarle ese incidente. –No, si es carajo tu tío—había dicho Tobías. –Yo por mi parte me las llevo al tú por tú con él. De vez en cuando me le pongo al brinco para que no se cargue tanto con nosotros. Conmigo no, porque sabe que conmigo nomás no, pero con el resto muchas veces es muy pinche.

–No le hagas caso a Tobías, Jacobo– había interpuesto Aurelio. –A este le gusta hacer mitote de cualquier cosa. Sí es cierto que a veces se le carga la mano a tu tío pero en el fondo es a todo dar.

Para medio día Jacobo había despachado a todo mundo a sus casas viendo que el tío no llegaba y con eso ganaba el aprecio de los mensajeros. Hasta uno de los que se habían quedado callados se le había acercado a decirle que "era de aquella". Aurelio y Tobías se quedaron con Jacobo otro rato. Lo invitaron a ir a jugar carambola o unos partiditos de futbolito, pero les dijo que no podía. No quería que se desparramara el chiste de que Chebo estaba perdido, pero los retó para otra ocasión. Ahorita lo único que estaba en su mente era Chebo. Ya eran dos días desde que lo había dejado sólo.

Y el tío que no aparecía. No quería ni pensar que le hubiera pasado algo. Se había hecho a la idea que su tío se había metido a alguna cantina y que entre copa y copa se le había olvidado todo. Su mamá le había confesado que ese era uno de los problemas de su hermano.

Pensó en ir a buscar a su tío, pero pensó que sería mejor hacerlo al caer la noche. Ya había enviado a uno de los mensajeros a investigar si el nevero aún se encontraba en el mercado pero había regresado con la noticia que el puesto estaba clausurado. Esa había sido su última pista. Ahora tenía que esperar, y decidió irse a la casa del tío a descansar un poco.

§§§§

Iba pensando en lo que le habían comentado Tobías y Aurelio sobre su tío cuando llegó a la primera cantina donde habían estado antes. Pensó dos veces antes de decidirse entrar. No le gustaban esos lugares. Pero tenía que hacerlo y entró. Pasó la mirada por cada una de las mesas y viendo que su tío no se encontraba ahí, salió. En realidad no tenía muchas esperanzas de encontrarlo.

Las luces de la calle estaban encendidas. Se empezaba a llenar de turistas y soldados americanos, casi todos parecían más o menos de su misma edad. En Juárez les vendían cervezas y tragos, que no les era permitido del otro lado. En las banquetas los ganchos que utilizaban las tiendas de curiosidades se juntaban a platicar, asediando a cualquier turista que caminara frente a ellos. A él no le decían nada. Quizás por tener cara de pobre, pensó.

Jacobo seguía entrando a cada cantina que veía. Les daba una ojeada rápido y después salía. Si se quedaba mucho tiempo en alguna de ellas pronto se le acercaban mujeres de mala fama. No tenía tiempo pare eso. En las discotecas se tardaba más por la mucha gente que había. Le daba vuelta a todo el lugar, a veces disimulando no darse cuenta del coqueteo de algunas de las muchachas al verlo pasar.

No había encontrado a su tío. Pensó en seguir su búsqueda por calles poco lejos de la calle principal pero de plano le dio miedo. Su tío le había mencionado que nunca se metiera sólo por esas calles. Le dijo que la raza era brava y que había muchos malvivientes. —Es mejor ser precavido que pendejo—le había dicho.

Decidió mejor dejar su búsqueda. Ya mañana pensaría en algo.

49

Hacía muchos años que los fines de semana habían dejado de entusiasmar a Samuel Jackson. Cuando Joseph estaba chiquito, y apenas aprendía a caminar, se la pasaba viéndolo y disfrutando de las cosas que todos los bebés hacen. Eran bonitos tiempos. Pero al pasar el tiempo, Joseph se convirtió en un niño que no le gustaban los deportes, que no le gustaba pasar mucho tiempo con su papá, que siempre prefería a su mamá, que no hacía muchos amigos en la escuela, que se la pasaba en su cuarto haciendo quién sabe qué, y que dejó de festejar cuando él llegaba a la casa del trabajo.
Judith se había opuesto a tener otro hijo, razonando que quería dedicarle todo el cariño a Joseph. Era su todo para Judith. Se entregó cuerpo y alma por su adorado Joseph.

Desde entonces nomás se quedaba pensativo cuando veía a sus trabajadores que salían del trabajo con una sonrisa en sus rostros, platicando de sus planes para el fin de semana. Ya estaba muy viejo para tenerles envidia y se conformaba con escuchar cuando estos volvían platicándole de los días de campo, de las hazañas de sus hijos beisboleros, y a veces hasta del calor de una mujer que los esperaba. Habían sido sus trabajadores quien lo había impulsado a aprender español. Era su entretenimiento favorito escuchar esas anécdotas. Sentía un orgullo, casi vanidoso, de su habilidad con el español. No eran pocas las veces que era él quien corregía a sus trabajadores en el uso del idioma. –Es que hablamos pocho— le contestaban, riéndose. –Nos entiende, ¿no? ¡Pues eso es todo!

Su trabajo, el contacto con otra gente, era lo que le brindaba mayor confort. Le gustaba esas pláticas sencillas, sin aires de grandeza y casi siempre de temas cotidianos; la renta que no se había acabalado, la vecina que tuvo cuates, el próximo pleito de box, y sin fallar los piropos para toda muchacha bonita que pasaba por enfrente.

Al principio, cuando Joseph era chiquito, Samuel llegaba al taller platicando de las últimas hazañas de su hijo; que ya caminaba, que decía "Daddy", que le dio sarampión. Entonces todo era parejo. Él también tenía qué platicar. A veces se sonreía recordando que en realidad no les daba mucha oportunidad a los demás por querer estar hablando nomás él. Pero eso era antes. Conforme fue creciendo Joseph y se le empezó a formar un carácter chiple y desdeñoso de todo lo que él le dijera, fue quedándose más y más tiempo callado. Sus esfuerzos de disciplinar a Joseph se venían abajo por la sobreprotección de Judith. Al ver que no podía deshacer en varias horas lo que Judith estaba haciendo en todo el día, sugirió la idea de otro niño. Al escuchar a Judith negándole esa oportunidad sintió que su mundo se desplomaba. Le tomó varios años salir de esa depresión que lo venció.

Después había pasado por una temporada larga en la que no sentía nada. Sabía que su casa era muy amplia pero estaba hueca por dentro. Así como lo estaba su alma.

Así siguió el tiempo hasta que llegó aquel día desafortunado en el que Joseph perdiera su vida. Sintió una mezcla de alivio y de coraje hacía Judith por nunca haberle permitido tener una relación de padre e hijo con Joseph. Sabía que no era justo tener esos pensamientos, pero no los podía negar.

Los meses subsecuentes a la muerte de Joseph habían sido un martirio para los dos. Judith no dejaba de llorar por la pérdida de su adoración y Samuel no hallaba cómo consolarla. Fue hasta el día en el que Judith mencionó la idea de adoptar a un niño que empezaron a mejorar las cosas. Empezaba a haber esperanza. Tenían algo en que enfocarse.

Ahora, a pesar que Chebo apenas tenía dos días con ellos, Samuel sentía ese cosquilleo en el estómago de antes. Se le habían hecho largas las horas para que llegaran las cinco y poder irse a la casa para disfrutar el fin de semana. Hasta uno de los trabajadores le había preguntado que si se traía una movida chueca por ahí porque se le veía la cara de quinceañero. Habían reído los dos. Samuel le contestó que esos eran secretos profesionales y que no podía decirle.

Se apuró al carro y se dirigió directo a la casa. A propósito no fue por Alicia como era la costumbre cada viernes. Los viernes eran para eventos sociales como los llamaba Judith y nunca faltaba alguno a cual asistir. Judith le decía que era lo único que le pedía; que el resto de su tiempo no le pedía nada. No sabía si la presencia de Chebo alteraría esa costumbre. Lo único que él quería era quedarse en la casa con Chebo para seguir jugando a las damas chinas. Chebo había aprendido rápido y el último juego casi le había ganado. También habían jugado un poco a tirarse la pelota de "football" pero a Chebo no le había gustado porque decía que la pelota estaba chueca. Habían cambiado a un balón de fútbol y duraron horas pateándola. Eso era lo que siempre había anhelado haber podido hacer con Joseph.

Lo que le preocupaba eran las incesantes preguntas de Chebo por su hermano. Por un lado se alegraba que se tardara en comunicarse con ellos para así poder seguir disfrutando de esa nueva alegría que sentía. Pero por el otro, le dolía que Chebo se entristeciera y le lastimaba oírlo llorar. Judith era la que más se conmovía por eso y le había hecho prometer ir a Juárez a averiguar si alguien había recogido la nota. Con la excusa de que había mucho trabajo en el taller, decidió no ir. Le daría un día más. En todo caso, ¿qué más daba un día más o un día menos?

Al llegar Samuel a la casa, Chebo salió corriendo a encontrarlo. La **primera** pregunta había sido si había encontrado a Jacobo. —No, Chebo. Pero tú no te apures. No encontré la nota así que la ha de haber recogido y en cualquier **momento nos habla por teléfono**—. Samuel se sintió mal ante esa mentira piadosa.

–¡Pero es que él no se tardaría en hablar si ya hubiera agarrado la nota! –exclamó Chebo, mirando a Samuel suplicándole que hiciera algo. Al oír el intercambio Judith se les acercó.

–Hello, Honey. What did you find out?

–Not you too, Judith, that´s the first question Chebo asked me.

–En español, por favor –interpuso Chebo, –así no les entiendo ni papa.

–Tienes razón, Chebo, –siguió Samuel, ignorando la pregunta de Judith, –aquí mientras estés tú, el idioma oficial de esta casa es el español–. Había terminado la oración haciendo una gran caravana que le resultó gracioso a Chebo y echó a reír. –Eso es—continuó Samuel—así me gusta ver a la gente, riéndose. Vente, te voy a dar la oportunidad que me ganes un juego de damas chinas antes de cenar. Es más, si me ganas, te voy a llevar a pasear por toda la ciudad. ¿Qué te parece?

Caminaron hacia la casa, dejando atrás a Judith. Oyeron a Judith preguntar por Alicia. –No va a poder venir, porque tiene cita con su novio – contestó Samuel con otra mentira.

§§§§

El paseo por la ciudad fue muy bonito. Especialmente cuando lo subieron por el camino de la montaña donde pudo ver todas as luces de la ciudad. Nunca en su vida había visto tantas luces. Por quince minutos se quedó con la boca abierta sin poder decir nada. Samuel lo había subido en vilo para que pidiera ver por el mirador. Todo era tan bonito que Chebo no lo podía creer. –Esto es más bonito que las estrellas allá en mi tierra. Allá en la parte donde hay menos luces, ¿qué es?

–Ese es Juárez –le contestó Samuel.

Quedaron callados durante el regreso a casa. Chebo volteaba a ver a Samuel que exhibía una sonrisa de orgullo. Era lo que Samuel siempre había querido…compartir las cosas comunes entre padre e hijo. No le molestaba a Chebo poder darle ese gusto.

Ya estando en el cuarto que había sido de Joseph, Chebo se puso a pensar que, de alguna forma u otra, Samuel no le había contestado sus preguntas sobre Jacobo. Se le ocurrió que quizás era para no entristecerlo, cosa que se lo agradecía. Pero él prefería saber, aunque no fueran buenas noticias. Ya no era un niño al que no le habían pasado tragedias. Pensó que cuando menos ya sabía más o menos dónde estaba Juárez. Se le estaba ocurriendo que lo mejor era ir él mismo a buscar a Jacobo. Se sentía seguro de dar con la casa de su tío. Samuel le decía que no lo podía llevar porque entonces ya no lo dejarían regresar, que ya no podía pedir favores, y que en tal caso lo tendría que dejar en alguna casa para huérfanos. Era lógico lo que Samuel le decía, pero no se podía quedar con los brazos cruzados.

Casi siempre que algo malo fuera a pasar o haya pasado, Chebo lo presentía. No sentía que algo mal le hubiera pasado a Jacobo, y eso le daba aliento. Lo más probable era que Jacobo, tragándose su propio orgullo, se había comunicado con su tío y juntos lo andaban buscando.

Las voces de Samuel y Judith interrumpieron su pensamiento. Parecían discutir en el otro cuarto. Fue hasta la pared y puso la oreja cerca para oír mejor. Aunque no entendía lo que decían, el tono de voz le indicaba que no era nada agradable.

–And I tell you that I will not stand for this! –Era la voz de Judith.

–Why? Because you can´t get along with him like I can? Or is it because Chebo doesn´t go along with your stupid, childish ways? Is that it?–. Samuel apenas podía contener su enojo.

–That is not it at all, Sam. It´s that it just isn´t right

–Wait a minute! You are not going to tell me what is right and what is wrong. I did not spoil Joseph. You did! You gave him that disgusting personality of his and now you want to tell me what is right and wrong!

–That is not the issue at hand. Joseph was ours. Chebo is not.

–Yours, you mean, because Joseph was never my son! You never let me raise him as my son. You always would come up with your damned modern psychology...

–OK, OK, Sam. We are not discussing Joseph here. The important thing is that what you are trying to do with Chebo is not right...

Chebo se retiró de la pared pues no entendía nada de lo que decían. Sólo reconocía su nombre de vez en cuando. No podía imaginarse por qué lo metían en sus pleitos. No se acordaba haber hecho nada malo para que se enojaran con él. Judith no se había enojado cuando por accidente quebró una de las figuritas de la sala. Eso no podía ser. Pero era lo único que se le ocurría. Pensó que se estaban peleando por cosas de ellos, así como a veces se peleaban su mamá y su papá. Quizás la palabra que interpretaba como su nombre era alguna palabra en inglés que se le parecía, y no se trataba de él. Sí. Eso debía de ser.

Optó por acostarse pues en el reloj de Joseph ya daban casi la una de la mañana. Se hincó al pie de la cama a decir sus oraciones. Al terminar brincó para meterse debajo de las cobijas. Aún no se acostumbraba a esa cama tan amplia y por un instante se sintió muy sólo. Algo de esa cama lo hacía sentir como que no tenía a nadie en el mundo. Por un instante le entró un escalofrío en todo el cuerpo. – Bendito sea Dios –dijo casi por instinto. Después se quedó dormido con la esperanza de que Jacobo lo encontrara pronto.

§§§§

A las dos de la mañana Jacobo caminaba de regreso a la casa de su tío. Había estado pensando de lo irreal de todo el asunto. Sentía como si una fuerza externa controlaba todo a su alrededor. Era una sensación que no conocía antes. En la sierra siempre parecía haber bastante tiempo para pensar las cosas. En Juárez no. Le sorprendía que a pesar de la hora que era, la gente caminaba con rapidez, como si tuvieran prisa en llegar a todas partes. Jacobo caminaba despacio. En su mente el conflicto con su conciencia lo seguía atormentando. Más ahora que no contaba ni con la presencia del tío. Hacía lo posible para serenarse y no dejarse llevar por lo difícil de su situación. Ese era un don que siempre le había admirado a su padre y ahora le tocaba a él seguir el ejemplo. ¿Y si su tío no regresaba? ¿Si le hubiera pasado algo? No quería ni pensar en esa posibilidad, aunque poco a poco se estaba convenciendo que era mejor explorar ese lado. No sería el único problema del cual su tío se haya escapado. El asunto de Doña Cleotilde lo había hecho correr de la sierra. Se había ido a Chihuahua. De ahí tuvo que correr otra vez. Esa vez por asuntos de negocios pues se encontraba en plena bancarrota. En Delicias lo habían alcanzado y lo habían hecho pagar hasta el último centavo. De ahí a Juárez donde ya tenía casi ocho años. No era ajeno a la idea de buscar la salida fácil. Le gustaba creer que esta no era una de esas ocasiones. El tiempo seguía pasando y entre más pasara menos las posibilidades de encontrarlo.

Por un momento se le doblaron las rodillas y estuvo a punto de caer. Estaba resistiendo los efectos de la tensión en la que se encontraba. Pensó que qué fácil sería si él también fuera niño. Entonces no tendría que cargar con tanta responsabilidad y se podría consolar con tan solo llorar. No era fácil cargar con ese

54

peso prematuramente. Todos viéndolo como el único sostén de Chebo. Todos aconsejándolo de cómo criarlo. Todos felicitándolo por la gran casta que había enseñado al morir sus padres. Todos diciendo a sus espaldas que ya ero todo un hombre. No, no era fácil vivir conforme a las expectativas de todo el mundo. Y menos cuando comprendía que tenía que hacerlo por necesidad, porque no había de otra. Él, y sólo él, tenía que ver por Chebo. Ver por Chebo. ¡Qué ironía! ¡Había sido él quien lo había dejado sólo!

Iba tan distraído que nunca vio a la pareja enfrente de él. Chocó con la muchacha quien se mostró más sorprendida que enojada. No así su compañero. —Ora, cabrón, fíjate por donde andas —dijo el muchacho, despegándose de su novia y alistando los puños para pelear.

Jacobo intentó disculparse. —Lo siento…por favor perdónenme…de plano no los vi. ¿Se encuentra bien, señorita?

—Mira, mira, pendejo. Ese cuento ya es muy viejo. Lo único que querías era darle un rozón a mi morra.

—Eso no es cierto. De veras. **Sé** que fue mi culpa y les ruego que me disculpen—. El muchacho no parecía muy convencido pero su novia insistió que Jacobo parecía decir la verdad.

—Está bien. Pero nomás porque **tú** lo dices. Yo con gusto le parto la madre a este desgraciado—. Jacobo se quedó callado, sabiendo que en parte el muchacho tenía razón. Él también se hubiera enojado si alguien chocara con su novia. Por eso le sorprendió que cuando la pareja se retiraba, la muchacha había volteado a verlo y, sonriendo, le cerró un ojo.

Cuando estaba a una cuadra de llegar a la casa del tío, vio que un carro estaba estacionado enfrente. Alguien estaba tocando la puerta. Era un hombre con una gabardina larga. Jacobo se acercó. —¿Buscaba a alguien?

El señor, un poco más alto que él, se volteó y vio fijamente a Jacobo. —¿Tú vives aquí?

—Es la casa de mi tío, —respondió Jacobo —¿en qué puedo servirle?

El señor hizo una pequeña pausa y después añadió: —Mi nombre es Conrado Ramírez. Inspector Conrado Ramírez—. Jacobo regresó el saludo, acordándose que era el detective que supuestamente estaba a cargo de la investigación del Mocho.

—Oh, **sí**. Ud. es el que anda siguiendo la pista del Mocho, ¿verdad?

–Efectivamente –contestó el Inspector Ramírez, haciendo una seña de poder entrar a la casa–. Será mejor que hablemos adentro.

Jacobo no sabía qué esperar. A estas horas de la madrugada las noticias no serían buenas. Con cierto nerviosismo se dirigió hacia el Inspector, –¿Qué es lo que me tiene que decir? ¿Ya dieron con la pista del Mocho?

–No, no es eso. Es algo todavía peor. Hemos encontrado el cuerpo de un hombre que creemos que sea tu tío. Lo encontramos encerrado en una de las neverías del mercado. Necesitamos que vayas a identificarlo para estar seguros.

Jacobo se quedó estupefacto. Por unos momentos no supo ni qué hacer ni decir. Era algo que nunca le había pasado por la mente. Muchos pensamientos se abultaron en la mente. Que ahora sería más difícil encontrar a Chebo. Que había sido él quien lo había mandado a hablar con el nevero. Que no podía ser. Que lo más probable era que no se tratara de su tío sino de alguno que se le pareciera. Por fin pudo hilvanar unas palabras. –¿Están seguros? Digo, ¿no puede tratarse de alguna equivocación?

–Me temo que no, muchacho. Encontramos su cartera y tenía su licencia de manejar. La identificación por un pariente es simplemente un requisito legal–. Jacobo bajó la cabeza y se desplomó sobre el sofá. Apretaba los dientes para evitar el llanto. No era posible que todo esto le pasara a él. Pasó sus manos por su cabello y trató de controlar su rostro que temblaba. De repente, respirando a fondo, subió la cabeza y con una mirada seca le preguntó al Inspector: –¿Qué vamos a hacer para atrapar al asesino?

§§§§

En la jefatura de la policía y en todo el camino hasta llegar a ella, Jacobo había permanecido inmutable. No dijo nada al identificar a su tío, simplemente asistiendo con la cabeza. No había mostrado angustia o dolor. En esos momentos era insensible a todo, casi como un boxeador que estaba siendo golpeado incesantemente pero que seguía tratando de conectar sus golpes, todo por instinto. Existía un solo pensamiento, encontrar a los culpables. Había que castigarlos. Por la muerte de su tío. Por el rapto de Chebo. Se hizo a si mismo esa promesa.

–¿Te encuentras bien, muchacho? –interrumpió el Inspector

–Sí, –contestó Jacobo en una voz que no la reconocía ni él mismo –estoy bien.

56

–¿Quieres que te lleve a la casa de tu tío?

–No, Inspector. No estoy listo para regresar a la casa. Quiero saber qué demonios se va a hacer, exactamente, para agarrar a esos asesinos.

–Tú no te preocupes por eso, muchacho. Haremos todo lo que está a nuestro alcance...

–¿Así como lo hicieron cuando venimos a reportar el secuestro de mi hermano? –gritó Jacobo con sarcasmo–. ¡No señores! No me voy a mover de aquí hasta que sepa que algo se está haciendo. Y lo declaro a Ud. responsable de que algo se haga, Inspector.

–Cálmate –empezó el Inspector Ramírez–. Tenemos que conservar la calma para poder pensar bien las cosas. Yo te lo juro, muchacho, en nombre de mi santa madre, que en paz descanse, que yo capturaré a los responsables. Eso tenlo por un hecho.

La mirada del Inspector denotaba sinceridad. Eso hizo a Jacobo calmarse un poco. Más no debía confiarse. Ya en un tono menos desafiante preguntó Jacobo: –¿Qué ideas tiene, Inspector Ramírez?

–Mira muchacho, de corazón te pido disculpas. La primera vez que viniste con tu tío a reportar lo de tu hermano, la verdad, no te creí mucho. ¡Hay tantos niños que desaparecen cada día! Pensé que tu hermano era uno más que se había escapado de su casa. Casi siempre es así. Pero ahora con el asesinato de tu tío, las cosas son diferentes. Esto ya huele mal. Y me temo que se trate de un grupo involucrado en trato de menores. Por eso te voy a pedir que me cuentes todo lo que ha pasado desde que llegaron a Juárez. Claro. Si es que te sientes con ánimos para hacerlo ahorita.

–Está bien, Inspector –respondió Jacobo–. Le contaré todo.

Jacobo le narró a todo detalle todo y cada uno de los eventos desde que habían llegado. No escatimó esfuerzos en recordar detalles que pudieran serles útiles. Al terminar se le quedó viendo fijamente al Inspector Ramírez, que parecía estar absorbiendo y catalogando todo lo que acababa de escuchar.

–¿Esto le va a ayudar en algo, Inspector? –preguntó Jacobo, quebrando el silencio.

–Creo que sí. Pero hay una cosa que no está muy clara. Dices que es probable que Chebo se haya quedado con esos americanos del carro verde, ¿verdad?

–Eso creo. Es mi única esperanza. Es mi única teoría en la cual Chebo se encuentre bien.

El Inspector Ramírez se quedó callado por unos segundos. –Creo que tienes razón. Si en verdad todavía estaban los americanos cuando Ignacio y el Mocho llegaron, y conociendo cómo operan, creo que intentarían concretar la venta–. Ramírez se quedó pensando por otro instante, como juntando las piezas de un rompecabezas. –Y si así fue, entonces tengo una idea que nos puede ayudar. ¿Tienes una foto de Chebo?

–Sí. Creo que hay una en la casa del tío. ¿Pero qué tiene que ver una foto de Chebo con lo que estamos hablando?

–Verás. El Mocho y su grupo no pueden tener idea alguna de dónde vinieron Uds. Todo lo que saben es que son de la sierra. Si inventamos a unos padres ricos, podemos poner en el periódico la foto de Chebo diciendo que se ha perdido y que se ofrece recompensa por su regreso. Diremos que tú regresaste con tus padres. Así no habrá sospechas. Si en efecto lo vendieron a los americanos, lo irán a buscar para reclamar la recompensa. ¿Qué te parece?

–Me parece buena idea. Pero hay algo que no entiendo muy bien. ¿Cómo vamos a poder saber si está trabajando el plan?

–Mira, en el periódico ponemos una dirección a la cual puedan asistir en caso de tener información. Eso nos ayuda en caso de que alguna tercera persona sepa algo del asunto. Pero en realidad lo que queremos es que el Morro reaccione. Hay dos posibilidades. Si tienen a Chebo tratarán de informarse por medio una tercera persona. Ellos nunca darían la cara directamente. En ese caso lo seguimos y les caemos en su mera guarida. En el caso que Chebo esté con los americanos intentarán pasar al otro lado para recobrarlo. Inmigración nos ayudaría y los retendrían al intentar pasar. Ya nosotros nos encargaríamos de hacerlos hablar.

–Es buena idea. Además, los mismos americanos pueden ver la foto y entregar a Chebo ellos mismos–. Jacobo estaba emocionado por la idea de volver a ver a Chebo.

–No cuentes con eso. Esa gente se expuso a pasarlo de mojado y por lo general no tendrán ninguna intención de regresarlo. Pero quién sabe, a veces ocurren milagros.

–¿Y cuándo ponemos el plan en marcha?

–De inmediato. Yo me encargo de que el anuncio salga en El Fronterizo del lunes.

Por un rato los dos se quedaron callados. Fue Jacobo quien por fin quebró el silencio. Con una voz que casi no se oía y que se quebraba de emoción le dijo que de todo corazón le agradecía.

–Es mi trabajo, muchacho –le contestó Ramírez–. Ahora, que si quieres te puedes quedar esta noche en mi casa. Estoy seguro que mi esposa y mis hijos no se opondrán.

Jacobo la pensó por un momento. Si aceptaba la oferta se le facilitaría asegurarse que se siguiera el plan. Además, en esos momentos empezaba a sentir el impacto de que en verdad su tío estaba muerto. No quería estar sólo. –Está bien, – respondió– pero primero vamos por la foto.

§§§§

Chebo se había despertado bien temprano ese sábado. No se despegaba del televisor. Estaba encantado con las caricaturas. Samuel también se había levantado temprano para acompañar a Chebo. Juntos los dos parecían niños. Aunque Chebo no entendía lo que decían, estaba fascinado. Samuel le traducía de vez en cuando.

–Ay sí, ¿apoco dijeron todo eso en tan poquitas palabras? –le preguntaba Chebo riéndose cuando Samuel le traducía, pero no se oía muy convincente. Se le hacía chistoso que estaba aprendiendo algunas palabras. Por ejemplo, la palabra "fun". Quería decir "divertirse". Tenía un sistema muy fácil para acordarse qué quería decir. La palabra se oía como "pan" y ya que a él siempre le gustaba comer pan se imaginaba divertirse al comer el pan. Sencillo.

Judith se había levantado un poco más tarde pero ya se encontraba en la cocina preparando el desayuno. Desde lejos veía a Chebo y a Samuel que se divertían como niños. No sabía si entristecerse o alegrarse de ello. No le iba a gustar ver a Samuel cuando Chebo se fuera. Porque pasara lo que pasara no iba a permitir que Samuel lo detuviera por medio de mentiras. Por el otro lado se sentía feliz de que por fin viera en su marido una señal de vida. Sabía que ella tenía mucha culpa por la manera que había sido con Joseph. Intentó despertar otros intereses en Samuel, llevándolo todos los viernes a reuniones para ver si se hiciera de amigos. Los amigos de Samuel eran sus trabajadores y con ellos, ella no se acoplaba muy bien. Se le hacían muy simples, aunque sabía que eran buenas personas.

59

Solo con Clarisa, mamá de Alicia, había podido congeniar de lo más bonito. Ella siempre le ponía atención y aunque sabía que a veces lo hacía por cortesía, en otras ocasiones se le notaba el gusto en los ojos. Lo mismo Alicia, aunque Alicia era un poco más inquieta. Con todos los demás amigos de Samuel, ella solo se sentía bien cuando hacían una reunión en la casa y todos se esmeraban en enseñar sus mejores modales. Entonces era muy distinto.

Al quedarse viendo a Chebo y a Samuel no se le podía escapar un pequeño sentimiento de envidia. Más que de envidia era de soledad. Había querido que Chebo también se encariñara con ella. La diferencia de idiomas lo había hecho muy difícil. Les resultaba forzada la situación cuando se encontraban juntos. Le agradecía a Chebo cuando sugería cosas que hacer para evitar ese silencio incómodo. Muy diferente con Joseph. Con Joseph los dos siempre hacían lo que ella sugería. Con Chebo era distinto. Parecía que era ella la que seguía a Chebo y no al revés, como debería de ser. No le aceptaba a Samuel cuando le reclamaba que ella no quería bien a Chebo. ¿Cómo no querer a esa pobre criatura después de haber perdido a sus padres y desconocer el paradero de su único hermano? Se necesitaría ser inhumana para no sentir cariño. Se volvió a enfocar en terminar de preparar el desayuno, pero no sin antes escuchar a Samuel decirle a Chebo que estaba de acuerdo que sería maravilloso si también Jacobo podía acompañarlos a ver las caricaturas.

–¿No se te hace, Samuel, que padre sería compartir las caricaturas con Jacobo? –Chebo ya había empezado a llamarle a Samuel de tú.

–Lo que sería aún más maravilloso es si Jacobo y tú pudieran vivir aquí con nosotros. ¿Te gustaría eso?

–Yo con estar con Jacobo donde sea. Pero para decirte la verdad, no creo que nos guste mucho acá en Estados Unidos. Tendríamos que aprender inglés y pues hasta los mexicanos de aquí hablan medio chistoso.

–¿Por qué dices eso?

–Pues hasta cuando hablo con Alicia, a veces saca cada palabrita que nomás ella se entiende. De todos los que he oído tú eres el que mejor habla el español, y eso que tú también lo dices 're chistoso.

–Pero aprender inglés es muy fácil, Chebo. Y solo es cuestión de acostumbrarte al hablar con otros mexicanos. Irías a la escuela y Jacobo me pudiera ayudar en el negocio. Voy a necesitar pronto un socio, ¿sabes? Y eso no es todo. Nos iríamos cada verano de vacaciones a conocer las montañas y el mar. Te apuesto que tú no lo conoces. Pues yo los llevaría y nos divertiríamos mucho. También podrías invitar a tus amigos y jugar en el patio. Hasta podrían hacer un equipo de fútbol. Jacobo y yo les jugaríamos contra todos Uds. Ni te imaginas….

Chebo había bajado la mirada y se había quedado callado. Se sentía mal que Samuel quisiera tanto que se quedaran. Si Jacobo estaba de acuerdo, por él que le hace. Pero no se podía imaginar no regresar a la sierra. Allá era donde quería estar. La ciudad les había traído puros problemas. Quiso sonreírle a Samuel para que no se sintiera mal, pero éste ya se había dado cuenta que Chebo todavía no deseaba quedarse ahí. Samuel pensó que quizás fuera cuestión de tiempo, cuando se sintiera más aclimatado y empezara a conocer a otros niños. La voz de Judith anunciándoles que ya estaba el desayuno les proporcionó una buena excusa para terminar la plática.

Ya sentados en la mesa Chebo decidió sacar el tema de Jacobo. Sabía que siempre se la hacían de larga y nunca le contestaban directamente. Pero estaba decidido a forzar un poco el tema. –Samuel, ¿vas a ir hoy a buscar a Jacobo?

–¿Por qué me preguntas eso? Tú sabes que estoy haciendo todo lo posible en encontrarlo.

–¡No, you are not! –interpuso Judith pero Samuel la calló rápido con una mirada.

–Además –continuó Samuel –hoy es sábado y en sábados es muy difícil andar preguntando.

A Chebo se le había hecho esa excusa muy tonta. No había razón por la cual el sábado fuera peor o mejor que cualquier otro día. No estaba dispuesto a que se quedara la cosa así. –¿Por qué no me llevas contigo, Samuel? Estoy seguro que puedo dar con la casa de mi tío–. Y anticipando otra excusa, siguió –Y si no puedo pasar de regreso, pues que le hace. Alicia me contó que era cuestión de arreglar unos papeles. Prefiero que sea así porque me siento muy triste sin Jacobo.

Judith veía a Chebo con mucha tristeza. Le lanzó una mirada de reproche a Samuel quien se percataba de la mirada de los dos. Pensó que quizás tuvieran razón. Sabía que se estaba portando con egoísmo. Pero tan solo pensar que ya no estaría Chebo con él lo hacía acordarse casi con temor de todos los momentos áridos que pasaba con Judith.

–Está bien, Chebo. Pero solo con la condición de que vaya yo solo.

–¿Cómo vas a saber dónde está la casa de mi tío si no voy contigo? –gritó Chebo exasperado. Veía a Samuel y luego a Judith y luego otra vez a Samuel. Buscaba una seña en cualquiera de los dos que le indicara que le hacían caso. Judith se había volteado para evitar la mirada de Chebo. Samuel seguía con su misma terquedad de no llevarlo. Comprendió que solo les importaba en retenerlo y que no tenían interés alguno en encontrar a Jacobo. Pensó en salir corriendo, pero recapacitó. Se le había ocurrido que quizás Alicia lo quisiera ayudar. Comprendía que no tenía la menor idea de cómo llegar a Juárez. También comprendía que lo consideraban muy niño y eso lo iba a usar a su favor. Cambiando su tono de voz, dijo –Está bien. Tienen razón. Cuando menos aquí estoy bien.

Samuel dejó escapar una amplia sonrisa. Era la primera **señal** que Chebo empezaba a hacerse a la idea que estaría mucho tiempo con ellos. Eso era bueno. Solo era cosa de frenarlo en sus impulsos de soledad por su hermano. El resto vendría sólo.

Chebo siguió comiendo en silencio. Al poco rato preguntó: –¿Cuándo va a venir otra vez Alicia?

Capítulo VI

El silbido del cartero afuera de aquel departamento de vecindad sobresaltó al Mocho y su gente. Interrumpieron su juego de póker para mirarse el uno al otro como preguntando quién había abierto la boca acerca de su escondite. Nadie que se encontraban en ese apartamento. Hortensia y el Mocho concentraron la mirada en Ignacio que aún después de tres años que había andado con ellos, todavía no se convencían plenamente que no fuera a hacer errores. Llevaban ya casi una semana, encerrados ahí esperando que se tibiara un poco el asunto y sólo salían para comprar comida. Ya en otras ocasiones habían usado ese mismo apartamento para lo mismo. Era el escondite ideal; una vecindad pobre donde la mayor parte de la gente eran viejitos que solo les interesaba platicarse entre si cuanta mentira de su juventud podían inventar. Nunca se metían en las vidas de otros y casi todos habían perdido el interés por lo que pasaba fuera de su pequeño mundo. Al mismo tiempo, la vecindad estaba protegida por una barda altísima que desanimaba a cualquier ladrón que se aventura por las cuantas migajas que había en el vecindario. La policía casi nunca entraba. Ahí nunca los encontrarían y sin embargo había llegado el cartero.

Ignacio entendió las miradas de Hortensia y el Mocho. No era la primera vez que le hacían lo mismo. Siempre que ocurría algo fuera de lo planeado lo acusaban con la mirada de ser él quien cometía **algún** error. Le enojaba que lo creyeran tan tonto. De ninguna otra persona soportaba ese trato, pero últimamente hasta ellos lo empezaban a enfadar. Por defenderse de un borracho que lo había acusado de ser una bola de carne y nada de cerebro había dado a la cárcel. Lo había matado de un puñetazo pero la policía había determinado que la muerte era accidental y su sentencia fue corta. En la cárcel el Mocho lo ayudó a que no se metiera en problemas. Juntos se encargaron en ganarse el respeto de los demás reos. Pero desde que habían salido de la cárcel, el Mocho y después Hortensia, le daban a saber a cada rato que no podían confiar en él.

—Yo no dije nada —se defendió Ignacio— De veras. No le dije nada a nadie. Créanme.

—Está bien, hombre, te creemos. Ve a ver quién es.

La carta venía de Juárez y estaba a nombre de Mocho. No llevaba remitente. Ignacio la abrió y le entregó el papel extendido para que el Mocho la pudiera leer. La carta venía acompañada de un recorte de periódico.

Guadalupe,

Imaginé que se irían al mismo lugar de las otras veces así que espero que les llegue esta nota. Las cosas acá andan muy calientes. El tío de los chamacos se las olió todas y fue a presionarme a que dijera dónde estaban. Me lo tuve que enfriar, Lupe. Yo sé que no te gusta la violencia pero no había de otra. Ya lo encontraron y ahorita andan tras mi pista. Parece que esta no se va a enfriar tan fácil. Ve el recorte del periódico. Estos chamacos eran hijos de viejos de centavos y ya andan hasta ofreciendo recompensa. Necesito que me mandes feria porque no puedo salir de la ciudad. Estoy en el "orfanatorio" porque sé que es el último lugar donde buscarían. Espero tu respuesta.

Prudencio

–¡Pendejo! –gritó el Mocho al terminar la carta–. Este animal ya nos metió en líos. Chingada madre con este baboso–. Hortensia le arrebató la carta y la leyó en voz alta para que Ignacio también supiera. El Mocho se separó un poco y se recargó en la ventana tratando de pensar en algo.

–¿De qué te preocupas? –preguntó Hortensia—Ese muertito no nos lo pueden echar a nosotros.

–Ese es el problema. Lo malo es que él sabe dónde estamos, y si lo agarran lo van a hacer hablar.

–Con irnos a otra parte se arregla todo.

–No es tan fácil, Hortensia. Prudencio conoce todos nuestros contactos y ahora con el cuento que resultaron de dinero estos chamacos, cualquier detective podrá seguir nuestra pista.

–Eso de que tienen dinero a mí me suena a trinque. –repuso Hortensia– No dudaría si fuera una trampa.

–Pero ofrecen cien mil pesos, –interpuso Ignacio—y con ese dinero nos podemos ir a donde no nos encuentren.

–¡Tú cállate, pendejo! –gritó Hortensia— ¡Nomás sirves para decir estupideces!

–Espera, –interrumpió el Mocho—ahí hay algo. No sería mala idea matar dos pájaros de un mismo tiro.

–¿De qué hablas? ¡No me vayas a decir que te vas a exponer por unos míseros cien mil pesos! Tú nunca has sido tan idiota.

–Calmada, mujer, calmada. Déjame pensar que se me está ocurriendo una idea perfecta.

§§§§

Un gran silencio envolvía a Jacobo ahí dentro de la pequeña casita de su tío. Todo seguía igual al primer día que llegaron. El mismo desorden, los mismos platos tirados, la misma basura que se acumulaba en las esquinas. Hasta el mismo olor a cerveza derramada aún impermeaba el aire. Los días que se quedó en la casa del Inspector Ramírez le sirvieron para darse cuenta de lo improbable que iba a ser encontrar a Chebo. En el mismo departamento de policía se habían vuelto puras trabas. Que necesitaban la autorización oficial y que eso requería una petición en escrito y notariada con una cláusula que dijera que de pasarle algo a Chebo el departamento no asumía responsabilidad alguna. Que el reglamento no permitía esas maniobras. Que había otros casos más importantes y no podían brindar ayuda. En fin, por trabas no quedó. Solo la tenacidad de Conrado que movió palancas y cobró viejos favores, sólo así pudieron completar la parte más fácil del plan. Pero de eso ya hacía más de una semana y no había ninguna señal. Uno que otro oportunista había hablado pero pronto se descartaron solos al no poder proveer con el mínimo de detalles.

Pocos días duró Jacobo en casa de Conrado. Era cómoda y práctica la casa, con vista a un pequeño parque donde se juntaban los niños del alrededor. La familia compuesta por la mamá y tres hijos formaba un cuadro familiar envidiable. Viendo a aquellos tres niños, uno de ellos de la edad de Chebo, le habían hecho casi insoportable su estancia allí. Le punzaba el remordimiento de haber dejado sólo a Chebo y nomás de pensar lo llevaban al borde de las lágrimas. Por eso estaba ahora en la casa de su tío. Sólo. Con la luz apagada como si así tapara un poco la realidad de haber perdido a su hermano. Ya no se dejaba convencer muy bien por las palabras optimistas de Conrado. Tuvo que irse a la casa de su tío. No podía seguir buscando excusas para esquivar las atenciones de la Sra. Ramírez, que lo procuraba para hacerle la comida y que había tenido el gran gesto de arreglar unos pantalones de su marido para que le quedaran a él.

En su soledad a ratos se ponía a rezar con tanto fervor que sudaba del esfuerzo para después caer rendido maldiciendo a todo mundo. Había rehusado abrir la puerta cuando Aurelio y Tobías lo habían ido a buscar. Nomás con Conrado

65

hablaba y eso era porque no podía soportar la idea que ya no había esperanza. En el fondo comprendía que era preciso que se controlara y por momentos las palabras de Conrado le daban aliento. Pero una fuerza muy extraña lo impulsaba a refugiarse en su soledad para poder desahogarse en privado. Era como si hubiera llegado al límite y ya no podía encontrar fuerzas para seguir. Quería llorar lo que no había llorado por la muerte de su tío y la pérdida de Chebo. Lloraba pidiéndole perdón a su papá por no haber sido el hombre que siempre quiso ser para él. Le pedía perdón a su mamá por no cuidar a su hijo predilecto.

La noche anterior, ahí mismo en la casa de su tío y en presencia de Conrado, había perdido el control y se había soltado a llorar inconsolable. Su cuerpo se convulsionó tan incontrolable que Conrado le dio un puñetazo en plena mandíbula para hacerlo reaccionar. Aún le dolía donde le habían pegado. Ya se sentía más calmado. Tenía cuatro horas recostado en el sofá con la mirada fija en el techo en medio de la obscuridad. Decidió que ya bastaba de llantos, que tenía que hacer algo. Se hizo la promesa de ir a platicar con Conrado para ver qué otra cosa se podía hacer. En eso alguien tocó la puerta. Se quedó callado por un momento y luego escuchó la voz de Tobías que trataba de asomarse por la ventana.

–Somos nosotros, Jacobo. El Aurelio viene conmigo. ¿Ya estuvo bueno, no? Ábrenos–. Jacobo se levantó y lentamente abrió la puerta. –Úchila, a la buena que nos abres. Ya se nos hacía que te nos petateabas allí adentro.

–No seas menso, Tobías –interrumpió Aurelio– ¿Qué no ves que está pasando por algo bien gacho? ¿Cómo te sientes, Jacobo? Digo, si no estás de humor para hablar con nosotros pues ni pedo. Entendemos. Nomás queremos saber si en algo somos buenos. Sabes que puedes contar con nosotros.

Jacobo se les había quedado mirando fijamente. Le sorprendía que siendo casi dos extraños se preocuparan por él. –No, hombre –dijo forzando una sonrisa–. Al contrario, gracias por venir.

Una vez adentro, Tobías fue el primero en hablar. –¿Pues cómo está la bronca esta? Aurelio me dice que andan buscando al que se tronó a tu tío, ¿cierto? Porque a leguas se ve que fue el de la nevería esa y no creo que sea tan difícil encontrar a alguien así.

–Lo que pasa, Tobías, es que ellos o tienen a mi hermano o cuando menos saben dónde está. Tenemos miedo que le hagan daño si hacemos muy obvia la búsqueda.

–Ah, jijo, ese cuento yo no me lo sabía.

–Eso es lo que me tiene así. Y la mera verdad la veo muy pelona recuperar a Chebo–. Jacobo bajó la mirada cuando se le empezó hacer nudo la garganta. Aurelio nomás lo veía sin saber qué decir.

–Nones, Jacobo –empezó otra vez Tobías—no te me achicopales. Te apuesto que tu carnalito ahorita está bien y no anda de llorón como tú. Mira, es más, si ese detectivillo no puede hacer ni madre, pues nosotros mismos podemos mover el atole. Como dijo Aurelio, para lo que se te ofrezca somos buenos.

–Gracias, Tobías.

–No, si no me des las gracias. Uno de desempleado tiene mucho tiempo en las manos. Y como dice el dicho: No hay peor enemigo que la ociosidad–. Los tres no pudieron contener la risa porque lo había dicho de tal manera que de plano no era Tobías. Era la primera vez en varios días que Jacobo había reído. Se sentía cómodo con los muchachos. Tobías continuó, –Bueno, ¿qué se te ha ocurrido que podamos hacer, Jacobo?

–Pues sí. Hay algo que me gustaría volver a hacer. Quiero ir a ver el lugar de donde se llevaron a Chebo.

§§§§

Alicia no iba a la casa de los Jackson desde hacía buen rato. Le extrañaba que no la hubieran llamado y ya resentía no contar con los pocos dólares que ganaba con ellos. Su abuelita no estaba del todo bien y casi todos sus ahorros se habían ido en comprarle medicinas. Lo que le preocupaba era el cheque del Seguro Social se estaba dilatando mucho. Por fortuna la dueña del apartamento donde vivìan los conocía bien y les daba extensiones para pagar la renta. Además todos los vecinos les ayudaban mucho y nunca faltaba quien se ofreciera a cuidar a su abuelita mientras ella iba a la escuela. Los apartamentos eran chicos. Todos, menos uno, eran de una sola recámara. Por fuera las paredes eran verde obscuro salvo en las partes donde se empezaba a descarapelar. Las ventanas eran de marco de madera burda con tela de alambre rasgada en varias partes. En medio de los apartamentos había un patio de cemento con una lavandera con varios fregadores. Varias líneas de alambre cruzaban de un lado del patio al otro y se adornaban de ropa para secar. Así eran casi todos los edificios del barrio. Adentro dos calentones, uno en cada cuarto, daban todo el calor de adentro. El boiler con su ruido constante y amenazaba a cada rato dejar de funcionar, y solamente les brindaba el agua caliente por un par de horas. La cama de la abuelita estaba esquinada con un crucifijo en la cabecera y varias veladoras al lado. Cuando su abuelita estaba bien y

67

con humor, Alicia le decía que parecía funeral ahí en su cama. La viejita a veces sonreía y le decía a señas que no fuera tan irrespetuosa. Pero cuando no estaba de humor, se soltaba dándole a Alicia todo un sermón que el mismo sacerdote lo envidiaría.

Al otro lado de la recámara la cama de Alicia estaba adornada de "posters" de los cantantes de moda; Angélica María, Juan Gabriel, Los Beatles. Los había puesto cerca del techo para que su abuelita no los pudiera alcanzar y arrancárselos. Una vez había reído mucho porque su abuelita le dijo que el lado de ella era el paraíso y el de Alicia era el mismito infierno. Para picarle, siempre que entraba a la casa anunciaba que había llegado la pequeña diablita.

Sin embargo ahí en el barrio sus amigas la consideraban medio chole. Casi no salía con muchachos y cuando lo hacía, a fuerza tenía que regresar a las diez y media de la noche. La choteaban que así ni tiempo tenía de echarse una buena caniqueada. Alicia tomaba la guasa en broma aunque a veces si se agüitaba tener que llegar temprano. Pero más del tiempo en el fondo se alegraba porque los muchachos del barrio eran puros batos locos y ella aún conservaba la idea de pescarse uno de Juárez. Aunque ahí también había mucho barbaján, había uno que otro que aún le gustaba hacer la ronda y se presentaban como todo unos caballeros. A ella le gustaba los que llevaban serenata y pedían permiso para dar el primer beso. Esos eran los meros buenos. Sus amigas le decían que eso ya estaba muy choteado, que la onda era de aventarse un poco más y luego darle en la torre al chavo antes que se las dieran a ellas.

Al llegar de la escuela, Alicia decidió hablar a la casa de los Jackson. Gracias a Dios su abuelita estaba dormida. Si no, no la hubiera dejado hablar. Para su sorpresa Chebo contestó el teléfono.

–¿Eres tú, Chebo? Soy Alicia.

–¡Quiúbole, Alicia! Judith se quedó dormida y Samuel todavía no llega. Por eso contesté yo el teléfono. No fuera que de milagro hablara Jacobo.

–Hablaba para ver si me van a necesitar este fin de semana. Pero, oye, ¿tú cómo estás? ¿Así que no has sabido nada de tu hermano?

–No. Pero me alegro que hayas hablado porque he querido platicar contigo por mucho tiempo.

–Ah, jijo. Eso me suena medio romanticón –dijo Alicia, haciéndole burla a Chebo.

–No seas sangrona, Alicia. Mira, yo le digo a Judith que hablaste y le digo que te traiga el viernes. Hay una cosa que quiero ver si me ayudas.

–Cómo no, mi Príncipe Azul. Lo que Ud. mande.

–No la hagas, Alicia. Estoy hablando en serio.

–Está bien, Chebo. De todos modos yo voy el viernes un ratito, ¿OK?

§§§§

Al colgar Chebo el teléfono, se puso a pensar de la última semana ahí en la casa de los Jackson. Desde el día que se dio cuenta que nada se haría para encontrar a Jacobo, empezó a trazar un plan para poder ir a Juárez. Había decidido que no se iría a ciegas. Se podía perder y si Jacobo encontraba la nota y lo iba a buscar estarían otra vez en las mismas. Su idea era hacer que Samuel lo sacara a conocer la ciudad.

Funcionó a la perfección los primeros tres días. Lo único malo era que Samuel le estaba enseñando partes lejos de Juárez. Cada vez Chebo trataba de preguntarle en la forma más inofensiva dónde quedaba Juárez de ahí. Las primeras dos veces Chebo no notó ninguna sospecha por parte de Samuel. Pero a la tercera le había preguntado, –¿Por qué me preguntas siempre lo mismo, Chebo?

Chebo se quedó callado hasta que se le ocurrió algo muy novedoso y creíble. –Yo creo que es costumbre, Samuel. Ni papá allá en la sierra siempre nos decía que supiéramos dónde estábamos. Nos decía que tomáramos una cosa, una piedra, un árbol, una calle…lo que fuera como un punto fijo. Y que de ahí pudiéramos decir si estábamos al norte, sur, este u oeste de ese punto. Es algo que yo creo nomás en la sierra usan.

–¿Y por qué usas a Juárez? –indagó Samuel que no se había convencido por completo. Chebo se dio cuenta que Samuel ya se olía su plan y que dijera lo que dijera ya no le quitaría esa idea de la cabeza.

–Pues tienes razón. Yo creo que de aquí en adelante mejor uso la casa como lugar fijo. Así siempre sabré cómo regresar a ella.

No hubo más paseos desde entonces. Casi como por casualidad también empezó a sonar muy seguido el teléfono durante el día. Judith lo contestaba y con la mirada buscaba a Chebo. Al encontrarlo, decía otras cosas que Chebo no entendía y

69

después colgaba. Dos o tres veces al día. Sin falta. Por las tardes cuando Samuel llegaba, le preguntaba a Chebo si quería jugar damas chinas. Chebo, para desquitarse, le decía que le aburría ese juego, cosa que no era cierto. Entonces se sentaban los dos a ver la televisión. Las veces que de veras quería desquitarse de que Samuel no los sacaban, le decía que no y se iba a ayudarle a Judith a preparar la cena. Se había dado cuenta que eso a Samuel le disgustaba.

Además Judith se alegraba muchísimo y poco a poco se la estaba ganando. –No te apures que no nos entendamos muy bien –le decía Chebo a Judith–. Mi mamá decía que con paciencia una hormiga se come un elefante.

Judith tenía un diccionario inglés-español siempre disponible. Lo cargaba en la bolsa del delantal que usaba para cocinar. Siempre lo consultaba para saber si le había entendido bien a Chebo. Cuando supo lo que quiso decir con eso de la hormiga y el elefante, se echó a reír a carcajadas.

El trabajar con Judith en la cocina le ayudaba mucho a Chebo a no aburrirse. En la televisión había puras novelas que no entendía. Y cuando quería salir al patio a jugar, Judith siempre insistía en acompañarlo, cosa que le aburría a ella. Así que en la cocina los dos se entretenían enseñándose cómo preparar diferentes platillos.

Las cosas con Judith iban mejorando mucho y Chebo ya estaba tratando de convencerla que lo llevara al centro. Entre plática y plática había oído que quedaba cerca del puente a Juárez. Pero cuando se lo mencionó, Judith se enojó y lo amenazó con decirle a Samuel. Toda esa tarde buscó Chebo la manera de contentarla y hacerle olvidar la amenaza. Por fin se le ocurrió algo. Fue directo al cuarto de Judith caminando con el pecho erguido y con una sonrisa en los labios. Judith estaba sorprendida.

–Acabo de decidir una cosa muy importante en mi vida –empezó Chebo en un tono de dignitario–. He decidido que cuando crezca voy a ser igualito a Joseph.

Judith no pudo contener su emoción, pues le había entendido bien a Chebo. Lo abrazó con sus ojos llenos de lágrimas. Chebo se dejó abrazar pasivamente. Le había dado en el clavo.

Esa noche no se le mencionó nada a Samuel y para acabar de despistar, Chebo se mostró más complaciente con Samuel. Jugaron a las damas chinas dejándose ganar en dos juegos. Chebo fingía concentrarse. Arrugaba las narices y fruncía el ceño. Sostenía sus mejillas con las manos y clavaba sus ojos en el tablero.

–¿Y ahora por qué tan interesado en el juego, Chebo? ¿No que te aburría?–. Chebo no quiso subir la mirada. Sabía que había sido un error ese cambio tan repentino. Lo único que había conseguido era despertar más sospechas.

Sin despegar la vista del tablero contestó, –Pues la mera verdad es que sí me aburre. Pero también ya me cansé de ver tanta televisión–. Eso era otra mentira pues podía pasar horas y horas viéndola. –Y como aquí es todo lo que se hace…

Samuel no sabía cómo tomar las palabras de Chebo. Aunque sabía que era un niño muy inteligente no estaba seguro que pudiera razonar en la forma que lo sospechaba. ¿Estaba usando psicología para que lo sacaran? ¿Estaba tramando otro truco para poder escaparse a Juárez? ¿O deveras estaba cansado de estar encerrado? Era posible ya que venía de la sierra donde tenía mucho campo para moverse. –¿Así que ya te aburrió la televisión?

–Pues…sí. Digo, no del todo, pero es que…mejor ni lo digo…porque en realidad son chiplerías. No me hagas caso Samuel. Bastante debo agradecerles que me estén cuidando–. Chebo se levantó de repente y fingiendo un puchero empezó a caminar rumbo a su cuarto. Samuel lo detuvo del hombro y luego lo atrajo contra su cuerpo para abrazarlo. Su ardid había trabajado, pensó Chebo. Decidió seguirle el juego separándose casi bruscamente de Samuel. –Basta de mimos –empezó Chebo, pasándose la mano por el ojo para quitarse una lágrima imaginaria–. Ya no soy un niño y no debo quejarme de todo.

Pensó en decirle a Samuel que él iba a ser todo un hombre como no lo fue nunca Joseph pero eso le traería problemas con Judith. Necesitaba enviar el mensaje pero de una forma más sutil. –Mi papá no estaría muy orgulloso de mí en este momento–. Así que perdóname, Samuel, a veces parezco un niño mimado.

Samuel lo volvió a coger de los hombros. Se le quedó viendo. Quería leer los pensamientos de aquel niño pero la expresión de Chebo era casi impenetrable. Sus ojos se nublaron de duda. Los ojos negros de Chebo le daban a entender que no tenía la experiencia de saber cuándo estaba un niño mintiendo. ¿Sería posible esa mezcla de niño-hombre cuya mente parecía trabajar un paso delante de la suya? ¿A los ocho años? ¿O acaso todo era tan natural que no podía comprenderlo en su sencillez? La expresión de Chebo no le ayudaba nada. Su carita infantil a veces se tornaba pícara y otras ocasiones hasta maliciosa. Pero en ese momento Chebo no reflejaba nada. No sabía qué decirle a aquel niño, si ceder o esperar un poco más a que cometiera un error que le descubriera sus planes. Por el momento lo tenía casi prisionero en su casa y eso no podía continuar. Por respuesta le dijo –Tú no te apures, Chebo. Sé que eres todo un hombre.

§§§§

Era duro de convencer, se decía Chebo de Samuel cuando se estaba alistando para meterse en la cama. Por un momento creyó que ya lo tenía. Mejor papel no podía haber hecho. Y nada. Terco como una mula. Lo mejor era ya no buscarle por ese lado. Samuel no le iba a ayudar nada en sus planes. Tenía que buscar otra forma. Por lo pronto esperaría a que se durmieran para ir a agarrar el directorio telefónico. Había visto a Judith usarlo para encontrar una calle y eso le había dado una idea.

Sabía que se dormían pronto. Además cerraban la puerta y como toda la casa estaba alfombrada, no lo oirían ir hasta la sala. Apagó la luz de su cuarto y dejo entreabierta la puerta. Al poco rato notó que la luz del cuarto de Samuel y Judith también estaba apagada. Salió al pasillo y se quedó parado un rato viendo hacia la obscuridad para que se acostumbraran los ojos. En eso ya tenía mucha práctica allá en la sierra y en pocos segundos ya podía ver casi como si hubiera luz. Se fue de puntitas hasta llegar a la sala. Ahí por poco y tropezaba con un tapetito que estaba sobre la alfombra. Pero sostuvo su balance hasta llegar a la mesita donde estaba el teléfono. A un lado estaba el sofá y en la esquina más cercana el sillón donde Samuel insistía en sentarse siempre. Con mucho cuidado empezó a jalar el directorio para asegurarse que no se cayera nada.

De repente escuchó un ruido y casi como chango brincó a esconderse. Cuando Samuel prendió la luz de la sala, Chebo ya se encontraba hecho bolita detrás del sillón para que no le pegara la luz. Esperó unos pocos minutos después de que Samuel apagara la luz y había regresado a su cuarto. Luego fue hasta la mesita de teléfono. ¡Ya no estaba el directorio!

Maldita sea, pensó Chebo. ¿Era posible que Samuel se haya dado cuenta? Más bien parecía una mera casualidad. De habérselas olido lo hubiera encontrado atrás del sillón. Más bien parecía que necesitó buscar algo en el directorio y decidió llevárselo al cuarto. Sin más que hacer, Chebo regreso de puntitas a su cuarto. Mañana viernes, trataría de convencer a Alicia a que lo ayudara.

Capítulo VII

Aurelio y Tobías se habían quedado esa noche en la casa del tío Porfirio. Hasta casi las dos de la mañana estuvieron oyendo a Jacobo contar detalladamente la historia desde que habían salido de la sierra. Cuando a Jacobo se le empezaba a quebrar la voz, Tobías sacaba sin falta algo para darle ánimo. Su estilo le daba fortaleza a Jacobo. Tobías era el único que no le mostraba ninguna consideración y el único que no lo abrumaba con tantos pésames. Al contrario. Le picaba el amor propio y lo hacía sentirse avergonzado de su debilidad. —Nomás no te me pongas a llorar porque si no voy a creer que eres vieja y ahorita no tengo ganas de andar consecuentando chiplerías. O nos sigues contando como macho, o yo me despinto de aquí.

Jacobo reaccionaba a los comentarios de Tobías. Era por demás sentirse el pobrecito. Empezaba a renacer en él esa fortaleza de propósito que lo había hecho parecer de granito cuando murieron sus padres. Sentía como si una concha invisible lo envolvía, protegiéndolo de su propio sentimentalismo y que parecía limpiarle su mente ofuscada. Una vez más sentía que sus actos no habían sido malos. Comprendió qua a cada instante hizo lo que parecía lo mejor…teniendo siempre en mente el bienestar de Chebo y la promesa que le había hecho a su padre.

—Es la neta, Jacobo —le decía Tobías—. El único culpable aquí es el méndigo destino. Ese cabrón parece que se ensaña con uno y si uno no se cuadra para defenderse se lo lleva a uno la chingada. Mira a Aurelio. Hace poco, cuando estaba enferma su jefita, ya se lo llevaba Judas. Pero se apretó los huevos y ahora todo está bien.

Aurelio por fin se animó a hablar. —Mira, Jacobo, Tobías casi nunca dice nada bueno pero cuando quiere…como ahora…dice las cosas un poco crudas pero muy ciertas. Yo ya me las he visto pelonas y por eso es que queremos ayudarte. Tú nomás dinos que quieres que hagamos.

Tobías continuó, —Por lo que nos cuentas, a mí no se me hace que la clave está en ese tal Prudencio. A esa clase de hombre se le va la chaveta y comete muchos errores, como tronarse a tu tío. Te apuesto lo que quieras que ahorita está en algún lado escondido sudando frío.

—Sí, ¿pero dónde? —preguntó Jacobo.

–Eso sí quien sabe. Pero si fuera yo, me escondería donde a nadie se le ocurriera buscarme. ¿Alguna idea, Aurelio?

Aurelio se quedó pensativo por un momento. –Pues si es lo suficiente listo, que lo dudo, se iría al mismito orfanatorio.

–Ese sería el último lugar –interpuso Jacobo—no creo que lo haría.

–Por eso mismo, Jacobo. Todo mundo pensaría como tú y a nadie se le ocurriría volver ahí.

–Pues a mí también se me hace muy difícil que ahí se fuera –agregó Tobias–. Se me hace que has estado viendo muchos programas de detectives.

–Quizás tengan razón. Es una posibilidad. Mañana que vayamos vale más que caminemos con cuidado.

§§§§

Así terminó la plática la noche anterior. Durmieron unas cuantas horas y fue Jacobo quien se le adelantó a los vendedores de huevos frescos para despertar a los muchachos. Las palabras de Aurelio se le habían hecho más creíbles. Inconscientemente él estaba de acuerdo. Él mismo había ido al orfanatorio al principio buscando alguna pista. ¿No era eso una seña? Como le gustaría poner sus manos en ese miserable y hacerlo hablar a punta de golpes. Esa noche soñó que había encontrado a Prudencio y que le había dejado la cara completamente des configurada. ¿Era eso otra seña? La rabia que sintió en el sueño todavía la llevaba cuando despertó a Tobías y a Aurelio.

En viernes las calles siempre parecían más transitadas. Quizás porque la gente sabía que era el último día de trabajo y se apresuraban para terminarlo pronto. Se notaba que iba a ser un día muy húmedo. Eran apenas las seis de la mañana y habían llegado sudando al taller. Había estado cerrado sólo una semana, pero por el polvo, parecían meses. Conrado había empezado el trámite para transferir la propiedad a nombre de Jacobo. La casa estaba temporalmente a su nombre hasta que se completaran los trámites de búsqueda de testamento.

–Apúrale, hombre –le gritó Tobías. Hay que avanzarle antes de que empiece duro el tráfico.

Jacobo se detuvo un instante. Luego dijo, —Oigan. No quiero que se sientan obligados a ir conmigo. Así que si se quieren hacer a un lado, yo entenderé.

Aurelio fue el primero en contestar. —Mira, Jacobo, si dices una vez más esas pendejadas te voy a meter un chingazo del que te vas a acordar toda la vida. Estamos contigo en esto, así que ya déjate de fregaderas. Jacobo se quedó pasmado. Eso lo esperaba de Tobías y no de Aurelio. Sonrió y les contestó que estaba bueno, que para luego era tarde.

Ya en el camino, Jacobo constantemente se quedaba atrás. Aurelio y Tobías ya eran expertos en esquivar carros y meterse en partes estrechas. De vez en cuando se detenían para esperarlo preguntándole burlonamente si quería que lo llevaran de la mano. Eso lo hizo olvidarse de todo y concentrarse en manejar la bicicleta. Hasta reía cuando los veía esperándolo con caras de enojados. Le pasó por la mente que le hubiera gustado tener amigos como ellos allá en la sierra. Allá cada quien tenía mucho que hacer y cuando tenían tiempo libre se tornaban casi en rivales para ganar la atención de las pocas muchachas bonitas del pueblo.

Al llegar a la tiendita La Provinciana, le extraño a Jacobo no ver a la viejita afuera. Les chifló a los muchachos para que se esperaran. —Quiero averiguar qué paso con la viejita—. Estacionaron sus bicicletas afuera y entraron a la pequeña tiendita. Estaba una muchacha atendiendo a un cliente y esperaron a que terminara.

—¿Qué se les ofrece? —dijo la empleada.

Jacobo fue el primero en hablar. —Quisiera saber si está la señora…la que se sienta siempre enfrente.

—¿Te refieres a mi abuelita?

—Sí. Creo que sí.

—Lo siento mucho pero ella está enferma y está internada en el hospital. ¿Para qué la querías?

—Es muy larga la historia. Yo ya había hablado antes con ella. Le quería hacer unas cuantas preguntas sobre el orfanatorio. Ella sabía mucho de lo que pasa por aquí.

—Entonces debes de ser Jacobo, ¿no?

—Sí. ¿Cómo supo mi nombre?

–Mi abuelita me cuenta todo y me platicó de ti y de tu hermanito.   ¿Ya lo encontraste?

–No. Todavía no. Precisamente eso quería preguntarle a tu abuelita, si tenía alguna otra novedad.

–Pues a mí no me contó nada nuevo. Lo siento.

–Bueno, gracias de todos modos–. Los tres se dirigieron a la puerta cuando la voz de la muchacha los detuvo.

–Si quieres te doy la dirección del hospital para que vayas a verla. Dios sabe que le vendría bien la compañía y si sabe algo, pues te lo dirá.

–Claro. Te lo agradecería mucho.

–Está en el Centro Médico.

–Yo sé dónde está –interrumpió Tobías.

–Gracias otra vez –continuó Jacobo—has sido muy amable.

–No hay de qué…

Una vez afuera, Tobías empezó a chotear a Jacobo. –¡Qué pegue te cargas, manito. La tenías con las babas de fuera…

–No le hagas, Tobías. Nomás estaba siendo amable…

–Pues si alguien me responde así cuando soy amable, ya le estaría pidiendo que fuera al cine conmigo. No está del todo mal la chava, ¿no crees?

Jacobo sonrió, y para parar el choteo agregó, –Ya veremos qué se puede hacer después. Lo primero es llegar al orfanatorio.

Tobías no lo dejó escapar tan fácilmente, –¡Hasta songuito saliste! Si bien que te gustó la morra esa…

§§§§

Al llegar al camino que daba directo al orfanatorio notaron que había huellas de un hombre. Parecían recientes porque en parte donde se acumulaba la arena eran más profundas, y con los aires de los días anteriores era para que ya se hubiera borrado. Era una huella grande. Los tres simultáneamente asociaron la huella con Ignacio. Se quedaron viéndose uno a los otros como para comprobar sus sospechas. Los tres coincidieron.

–Mejor dejar las bicicletas aquí y nos vamos caminando. Así hacemos menos ruido–. Recargaron las bicicletas contra un árbol. Los tres sentían cierto nudo en el estómago. Esto ya no era a ver si encontraban una pista, sino que posiblemente se encontraran con la banda ahí adentro. Jacobo se detuvo un momento como pensando en algo. Aurelio y Tobías permanecieron callados. Esto era asunto de Jacobo y él tenía que darles instrucciones de cómo quería jugársela. Ese instante de silencio se les hizo interminable.

Jacobo empezó a hablar sin voltear a verlos. Su mirada estaba fija en el orfanatorio. –Pase lo que pase, muchachos, lo mejor es quedarnos juntos. Si acaso está Ignacio adentro, solamente si estamos juntos podríamos doblegarlo. Primero nos acercaremos a ver si podemos ver algo por la ventana. Si se encuentran todos ahí adentro, tú Aurelio te vas hecho la mocha a avisarle al inspector Ramírez. Conrado Ramírez se llama. Si no están todos, entonces a ver qué pasa. Ya decidiré después. ¿De acuerdo?

–Está bien, Jacobo. Tú nomás dinos.

–A las tres corremos por el lado izquierdo. Por ese lado hay menos ventanas. Nos recargamos contra la pared y luego nos vamos por detrás. ¡Ahora!

Corrieron a toda velocidad hasta llegar a la pared. Tobías se había quedado un poco atrás por ser el más lento. Se quedaron contra la pared hasta agarrar otra vez aire. A Tobías se le había figurado ver a alguien en la ventana mientras corría.

–No le hagas. ¿Estás seguro? –le preguntaron a Tobías.

–Seguro no. Pero creo que algo se movió.

–Entonces tú quédate aquí, Aurelio. Cuida que nadie salga por la puerta de enfrente. Si ves a alguien, nos gritas. Tobías, tú y yo vámonos por atrás–. Al dar la vuelta por detrás oyeron un grito de adentro. Había sido un grito medio ahogado, como si a la mitad le hubieran tapado la boca. Al parecer era de hombre. –¡Ahora, Tobías!

Los dos corrieron hasta la puerta de atrás abriéndola de un empujón. Oyeron un balazo que parecía haberles zumbado por los oídos. De reflejo se escurrieron por el suelo buscando refugio. Se oyó otro balazo que pegó en lo alto de la puerta que conectaba con el cuarto principal y luego oyeron la puerta de enfrente abriéndose. Al mismo instante, Aurelio les gritó que Ignacio había salido por enfrente. Jacobo se incorporó de un brinco y corrió hacia la puerta de enfrente sin oír a Tobías que le gritaba que tuviera cuidado. Al llegar casi a la puerta oyó otro balazo afuera y pronto reconoció que le estaba disparando a Aurelio. Salió como flecha lanzándose sobre Ignacio a tiempo para forzar el cuarto disparo hacia el aire. Había rebotado del cuerpo de Ignacio y al tratar de incorporarse nomás vio el puño de Ignacio dirigirse contra su cara. Esperó el impacto sorprendiéndose de lo débil que había sido. Era que Tobías se la había echado encima a Ignacio haciéndole perder el equilibrio. De un manotazo se lo quitó de encima y quiso apuntarle la pistola a Jacobo, pero Aurelio se la había volado de su mano con una patada oportuna, sin escaparse de un manotazo que lo voló hasta cerca de donde había caído la pistola. Jacobo, ya parado, le asentó un puntapié en plena mandíbula, pero no había sido suficiente para evitar que Ignacio se parara. Sintió que le agarraron la pierna y luego se sintió volar por el aire hasta caer pesadamente en su hombro sobre una piedra. Tobías se había incorporado conectando dos golpes precisos en el rostro de Ignacio. Aurelio, sin haber visto la pistola, se le brincó al lomo de Ignacio quien había logrado agarrar a Tobías y se disponía a triturarlo con un abrazo del oso, pero Aurelio le alcanzó el ojo tallándole con su anillo. Con un tremendo aullido Ignacio soltó a Tobías y agarró a Aurelio por el cuello, aventándolo contra el suelo. Ignacio iba a agarrar otra vez a Tobías cuando notó que Jacobo se dirigía por la pistola. Con agilidad sorprendente para su tamaño, Ignacio corrió lanzando toda su humanidad contra Jacobo cuando este recogía la pistola. Jacobo salió botado, casi inconsciente. Pudo ver que la pistola había caído cerca de él y la logró aventar cuando Ignacio le cayó encima con todo su peso, dejándolo inconsciente.

§§§§

Al abrir Jacobo los ojos, Tobías estaba sobre él. Quiso levantarse, pero su cabeza le dio vueltas, forzándolo a permanecer acostado. De reojo podía ver a Aurelio que estaba en cuclillas, recargado contra un árbol. Tobías tenía la pistola en la mano. —¿Qué paso? —logró preguntar.

—Se me fue, Jacobo. Pero creo que le pegué un tiro. Ya nomás tenía una bala esta méndiga pistola.

—Pero…

–Cuando tiraste la pistola, cayó cerca de mí. Ignacio se dio cuenta que no me ganaría en alcanzarla y salió corriendo. Todo pasó tan rápido que no le apunté bien. Cuando me tomé mi tiempo para apuntarle mejor, zas, ni una méndiga bala.

–¿Y se dio cuenta que ya no tenías balas?

–No creo, porque siguió corriendo. Tenía un carro escondido tras aquellos árboles. Uno amarillo, pero no pude verles las placas.

–¿Y Aurelio?

–Está bien. Nomás le torcieron un poco el cuello.

–¿Y adentro? ¿Ya viste?

–No, que voy a haber visto. Aquí he estado los últimos diez minutos viendo a ver si no te habían desconchinflado–. Jacobo no pudo contener una sonrisa, aunque al hacerlo le dio una punzada en las costillas. No dejaba de ser Tobías el mismo, así fuera después de que les habían dado una señora paliza. –Bueno, ya levántate, ¿no? Primero a lo que venimos y después te echas tu siestecita–. Y ayudándolo a levantarse se dirigieron con Aurelio.

–Tú ya déjate el cuello–. Tobías seguía siendo Tobías.

–¿Estás bien, Aurelio? –preguntó Jacobo.

–Pues si tú estás bien después de esa planchadita que te dio Ignacio, yo no tengo de qué quejarme.

–Bueno, vamos adentro.

No había cambiado nada adentro desde que Jacobo había estado ahí la última vez. Salvo por el cenicero que estaba lleno de colillas de cigarro. Era obvio que alguien se había estado quedando allí. Jacobo se dirigió a la cocina y luego al cuarto donde había estado con Chebo cuando oyó que Aurelio y Tobías lo llamaban. En el lado opuesto habían encontrado a un hombre muerto y con la cara destrozada por algún impacto muy fuerte.

–Es Prudencio –dijo Jacobo.

–Tal parece que decidieron callarlo. Por lo visto a eso vino Ignacio.

–¡Maldita sea! –exclamó Jacobo– Nos quedamos en las mismas.

–Calmado, Jacobo. Hay que hablarle a la policía.

No hubo necesidad de hablarles pues casi al mismo instante oyeron las sirenas que se acercaban. El Inspector Ramírez entró corriendo, parando en seco al ver a los tres muchachos sobre el cuerpo de Prudencio. Su primer pensamiento fue que ellos lo habían matado, pero al ver los moretones en sus rostros comprendió que otra era la historia. ¿Qué paso aquí, Jacobo?

–Nos dieron en la santa torre –interpuso Tobías–. En toda la santa torre.

El inspector se dio cuenta que quizás ese no era el momento de interrogarlos. –Está bien. Los llevaran a la Cruz Roja para que les atiendan esas heridas. Después hablamos en la Jefatura. Al salir, Aurelio se volteó para decirle que no se le olvidaran las bicicletas.

§§§§

El Inspector Ramírez llegó a la Cruz Roja a eso de la una de la tarde. A Jacobo y a Aurelio los habían retenido para darles un examen más detallado. El cuello de Aurelio estaba inflamado y lo tenían recostado con fomentos de hielo. Por hacerle burla, a Jacobo le había dado una punzada en las costillas. La radiografía indicó que tenía una costilla parcialmente quebrada. Estaba recostado, con todo el torso vendado, cuando Conrado entró al cuarto. Se le veía preocupado.

–¿Cómo están, muchachos? –preguntó. Y sin esperar respuesta agregó, –Vi a Tobías salir. Parece que él fue el único que salió entero del pleito. Uno de mis hombres les va a tomar a él su declaración. Yo prefiero hacerlo personalmente con Uds. Creo que es innecesario decirles lo importante que es que actuemos de inmediato.

–Nosotros estamos listos, Conrado. ¿Quieres hacernos preguntas o te lo contamos nosotros?

–Mejor cuéntenme. Yo los paro si tengo preguntas–. Jacobo nunca había visto a Conrado tan preocupado. Casi lo podía esconder bajo esa máscara de eficiencia, pero ya lo conocía mejor. Al estar redactando la historia, Jacobo notaba que Conrado pensaba furiosamente, como tratando de ensamblar las piezas de un rompecabezas. Era extraño que él no estaba preocupado. Algo le decía que el hecho de que mataran a Prudencio era seña de que Chebo estaba vivo. No entendía exactamente por qué. Era sólo una suposición, una corazonada. Y ni la

80

expresión de Conrado lo hizo dudar por un instante. Aurelio agregaba de vez en cuando unas cuantas palabras, pero resentía el esfuerzo en el cuello y mordía el labio para ahogar el dolor. Se le había empezado a inflamar el cuello desde que iba rumbo a la Cruz Roja. Era tanto la inflamación que hasta se le empezó a cerrar el ojo izquierdo. Ya se veía poco mejor, pero el dolor no lo había dejado.

–¿Y dices que Tobías creyó que le asentó el tiro? –interrumpió Conrado.

–Dice que no está muy seguro pero que cree que sí–. Conrado le gritó a uno de sus hombres y rápido le dio instrucciones de que fuera a interrogar a todos los doctores y enfermeras que había por aquel barrio.

–Es una corazonada—explicó.

–Pues eso es todo. Al entrar al orfanatorio encontramos a Prudencio y fue cuando entraste tú. Y, a propósito, ¿cómo fue que llegaste en ese momento? ¿Cómo supiste que estábamos ahí en primer lugar?

–Recibí la llamada de una tal Graciela Espinoza. Dijo que había oído los disparos y que se imaginó que podían estar en problemas.

–¿Graciela Espinoza? ¿Quién es ella?

–Dijo ser de la tiendita La Provinciana. ¿La conoces?

–Oh, sí. La conocí hoy. Es la nieta de la viejita de la que te platiqué. Llegamos ahí antes para ver si había alguna novedad. La viejita está ahora en el Centro Médico–. Conrado hizo un apunte en su libreta. –Oye, Conrado, ¿cómo fue que te llamo a ti directamente si no recuerdo haberles mencionado tu nombre?

–La llamada no fue directamente a mí. Fue de pura casualidad que oí que el tiroteo era en el orfanatorio y supuse que estarías metido en esto–. Conrado se quedó callado un momento. Luego, sonriendo por primera vez desde que había llegado, agregó, –No te preocupes. No creo que esta muchacha este metido en esto–. Y cerrando un ojo, se despidió.
Jacobo se quedó recostado sintiendo cierta alegría de que aquella muchacha, Graciela, se había tomado la molestia de hablar a la policía. Por un instante le pasó por la mente la imagen de ella en medio de todas las latas en la tienda y los frascos repletos de dulces que adornaban el estante. El rostro moreno de Graciela hacía buen contraste entre todo aquello. Casi como si estuviera hecha para el ambiente de la tiendita. Recordó la burla de Tobías cuando habían salido de la tienda. Tobías estaba en lo correcto, no estaba del todo mal.

–¿Qué tanto piensas, Jacobo? –preguntó Aurelio, sacándolo de las nubes.

–En Chebo—mintió Jacobo—en Chebo.

Aurelio se le quedó mirando incrédulo. De no dolerle tanto para voltear lo estudiaría mejor. No le había creído. Al rato agregó, –¿Y ahora qué, Jacobo?

–No sé –contestó Jacobo—sólo sé que pronto voy a ver a Chebo. Algo me hace sentir que pronto lo voy a tener junto a mi.

–¿Y a qué se debe esa racha de optimismo? Digo, no que te lo quiera echar por los suelos, al contrario, me alegro de que veas las cosas de ese modo. Yo me estaba quebrando la cabeza tratando de pensar qué decirte para levantarte el ánimo. Yo no tengo ese mismo don de Tobías.

–Gracias por la idea, Aurelio. Pero sabes, ¿no te pasa veces que por algo crees que te va a pasar algo bueno en tu vida? Es algo raro de explicar. Apuesto que, si estuviera aquí Chebo, él te lo explicaría en unas cuantas palabras. Es bueno para eso, ¿sabes? Pero no sé, si el Mocho y su gente se preocuparon tanto para silenciar a Prudencio es porque no están muy seguros de que no les pueda caer la ley. De tener a Chebo, estoy seguro que lo usarían como rehén y no le harían daño. Chebo sería como su escudo para poder escapar.

–¿Y si tu carnalito no está con ellos?

–No se me borra la idea de los americanos. Sin tan solo pudiera cruzar la frontera...

–No me vas a decir que quieres cruzarte a El Paso para buscarlo...

–¿Por qué no?

–Pues porque ¿dónde empezarías? El Paso es muy grande. Además, la migra te caería de volada y entonces sí te meterías en más problemas.

–Quizás tengas razón. Pero si no sucede nada en la siguiente semana, no voy a tener de otra. Tú me ayudarías, ¿verdad?

–Tú sabes que sí. Aunque se me hace que sería una pérdida de tiempo–. De pronto Aurelio se llevó las dos manos al cuello para sobarlo. Por unos minutos permaneció inmóvil, sabiendo que el menor movimiento le regresaría el dolor. Después dio un gran suspiro y pareció descansar. –Hijo de su madre...ahí sí que me agarró de a feo. Sentí como si se me empezaran a acomodar todos los músculos como deben de estar. Ya parece que se me bajó poco lo hinchado.

–¿Tú **qué** harías si estuvieras en mi lugar, Aurelio? –. Jacobo quería seguir la conversación porque sentía que su suerte le iba a cambiar, quería explorar todas las posibilidades de qué hacer.

–La mera verdad no sé. Yo nunca tuve un hermano así que no se lo que sientes tú. Pero creo que lo que nos ayudaría mucho es que encontraran a Ignacio. No creo que sea difícil hacerlo hablar.

–Tienes razón, Aurelio –dijo Jacobo, incorporándose de repente—tenemos que encontrar a Ignacio antes de que regrese con el Mocho. Si está herido no creo que se expongan a llevarlo con un doctor. No lo dudaría que también se lo quieran echar. Nos dejó de testigos de su crimen y no creo que quieran dejar cabos sueltos.

Para las tres de la tarde, Tobías había regresado a la Cruz Roja. Habían dado de alta a Jacobo y a Aurelio para que salieran a las cuatro. Pero Tobías no se pudo esperar para hablar con Jacobo. Entró sonriente al cuarto donde ya se estaban alistando para salir.

–¿A qué se debe esa sonrisa de oreja a oreja? –preguntó Aurelio.

–Les traigo buenas noticias–. Tobías caminó despacito hasta una silla y con toda la calma del mundo se sentó. Cruzó los brazos y se les quedó viendo, sin decir nada. Aurelio y Jacobo esperaban ansiosos. –¡Mira nomás cómo los tengo! Así me gusta, que me pongan mucha atención.

Aurelio y Jacobo voltearon a verse y con la pura mirada se pasaron un mensaje. Muy disimuladamente y sin dejar de prestar la atención a Tobías, se fueron a recoger almohadas. Al mismo tiempo se las aventaron a Tobías. –Eso es por payaso –dijo Aurelio, atestándole un último almohadazo de pilón.

–¿Cuáles son las nuevas, pues? –preguntó Jacobo.

–Acabo de venir de La Provinciana. Estuve hablando con la muchacha. Graciela se llama. El chota me dijo que ella había reportado el tiroteo y fui a darle las gracias. Se mostró medio interesada en cómo estabas, Jacobo. Yo le exageré un poquito, la pura tórica…tú sabes…y al rato la tenía tan preocupada que hasta empezó a morderse las uñas. En fin, te manda saludos y me dijo que te dijera que te recuperes pronto. No me dijo para qué quería que te recuperaras, pero ahí tú interprétalo como quieras. Yo nomás te paso el mensaje–. Tobías se le quedó mirando con picardía a Jacobo. Le puso el brazo sobre el hombro y lo llevó hasta la puerta para que Aurelio no oyera. –Mira, mano. Yo sé de estas cosas. Y esa morra como quien dice se muere por tus huesos.

Jacobo permaneció callado, descartando el tono malicioso de Tobías, pero reconocía que no le disgustaba la idea.

Capítulo VIII

Habían dado las cinco de la tarde y Alicia todavía no llegaba a la casa de los Jackson. ¿Qué le tomará tanto?, pensó Chebo. Salía de la escuela a las tres y media. Era para que hubiera llegado. Nomás con que no se le hubiera ocurrido esperar a que Samuel fuera por ella como lo hacía cada viernes. Judith no había mencionado nada de Alicia ni de salir a ninguna parte. Desde que estaba en la creencia que Chebo deveras admiraba a Joseph, estaba que ya ni cabía por la puerta de puro orgullo. Le había confesado a Chebo que empezaba a renacer en ella el sentimiento de que había creado bien a Joseph. Le dijo que Samuel siempre se lo achacaba, por más sutilmente que fuera, y que se sentía culpable de todo. Pero ya no. Si Joseph era digno de ser admirado, por algo debía de ser. Y ella lo había criado. En momentos, Chebo notaba cierto desafío en los ojos de Judith cuando hablaba con Samuel. Aunque no entendía lo que hablaban, no había visto a Judith bajar la mirada como lo hacía antes.

No sabía si era bueno o malo para sus planes. Lo último que necesitaba era que los dos se amacharan en retenerlo y le hicieran la vida más difícil. Sabía que los dos se estaban disputando su cariño. Cada quien por razones muy diferentes. Judith para revivir los días con Joseph y Samuel para vivir los días que no vivió con Joseph. Usaría eso para poder lograr su objetivo. Pero reconocía que eran muy listos. Su imagen de niño inocente no estaba bien establecida. Por lo menos Samuel tenía muchas dudas. Lo había visto en sus ojos. Sentía que lo estaba estudiando, esperando que hiciera un error. Chebo había aprendido bien el arte de engañar a la profesora allá en la escuela de la sierra. Usaba su reputación de niño aplicado a la perfección. Nunca se imaginaron que el origen de tantas travesuras venía de un niño tan estudioso como él. Ahora tenía a su favor la imagen del pobre huerfanito. También tenía a su favor algo que no entendía muy bien. Los americanos lo creían más chico de lo que estaba. Lo trataban como si tuviera cinco años. Cuando Samuel lo llevaba a alguna tienda, le preguntaba si quería dulces. También lo trataba de interesar en comprar libros para colorear o libros para leer que eran muy infantiles. No que no le gustara, pero allá en la sierra nunca andaba con esas payasadas. Si sus amigos supieran que tenía un libro para colorear se la regarían todo el día. Que niño chiple, que niño faldero y quien sabe que otras cosas. Allá lo importante era aparentar estar grande; demostrar que ya no era un niño.

Aquí era distinto. Por lo pronto eso le ayudaba y era todo lo que importaba. Las últimas noches había soñado a Jacobo y a su tío. En uno de los sueños habían llegado a la casa de los Jackson tumbando puertas y lo habían rescatado del cuarto donde se encontraba amarrado. En el otro sueño se encontraba caminando en una ciudad extraña por horas y horas; siempre regresando al mismo lugar. Y al empezar a obscurecer había oído la voz de Jacobo que lo llamaba desde lejos. Corrió hacia la voz y al acercarse había despertado. Esos dos sueños lo hacían sentirse seguro que Jacobo estaba bien. Ahora con más razón debía poner en marcha su plan. ¡Si tan solo llegara Alicia! Samuel no se dilataría y una vez estando él no tendría la oportunidad de hablar con ella.

El ruido del carro afuera anunció que Samuel había llegado. Pensó que Alicia le había fallado. Luego oyó la voz de Alicia, platicando con Samuel. Con que no le haya dicho nada, pensó. Ya se las averiguaría para poder hablar con ella a solas. Salió a encontrarlos, como se lo había propuesto para ganarse la confianza de Samuel. Siempre preguntaba por Jacobo. Y siempre la respuesta era la misma. Pero hoy insistió un poco más. Quería que Alicia se diera cuenta que Samuel no estaba haciendo nada para encontrar a Jacobo.

–Pero qué modales, Chebo –dijo Samuel para cambiar el tema—a Alicia ni siquiera la has saludado.

–Perdón, Alicia. ¿Cómo estás?

–Yo bien, Chebo. Pero tú no te apures por eso. De estar yo en tu lugar me mantendría chillando todo el santo día–. Alicia le regresó la mirada a Chebo como diciéndole "entendí tu mirada, yo te voy a ayudar". En ese momento salió Judith. Los tres se pusieron a hablar en inglés y Chebo aprovecho para meterse a la casa. Mientras más pronto decidieran que saldrían, mejor. Optó por poner los platos sobre la mesa y casi había terminado cuando decidieron entrar.

–Es que tengo mucha hambre –dijo Chebo– También quería darle la sorpresa a Alicia que nosotros los hombres también podemos hacer estas cosas–. No se le había hecho muy convincente sus palabras y se regañó entre sí por tratar de forzar mucho las cosas. Pero a nadie pareció extrañarle.

–Justo lo que venía deseando –empezó Alicia—I´ve always liked your cooking, Mrs. Jackson. Am I invited? –. Chebo se quedó quieto, sin saber qué había dicho Alicia. Al ver que Samuel y Judith empezaron a sonreír, supo que todo estaba bien.

Durante la cena, Alicia y Judith platicaron largo y tendido en inglés. Chebo nomás los veía y se enfocaba en comer. Pensó que era mejor así, pues la atención no se enfocaba en él. Le extrañaba que Samuel no se opusiera a que hablaran en inglés. Samuel estaba muy callado. Chebo notaba que se le quedaba viendo de vez en cuando. No como las otras veces cuando lo estaba estudiando. Era distinto. Le veía como si le hubieran robado ese rato pequeño antes de la cena. Sabía que

Samuel disfrutaba esos ratos. Cuando llegaba del trabajo, se sentaba en su sillón y le platicaba a Chebo las novedades en el trabajo. No había sido su intención hacer eso, pero se alegraba que así hubiera resultado. Pensaba que a veces era demasiado duro con Samuel. A ultimadas cuentas, de no ser por él estaría vagando quien sabe por dónde. Aunque también pudiese ser que estaría con Jacobo. También eso era posible. Algo le decía que Alicia tramaba algo. Tenía esa esperanza. Decidió esperar y ver qué sucedía.

Samuel se levantó de la mesa y se dirigió a leer el periódico en la sala. Chebo no sabía si levantarse o quedarse. Alicia le dio una patada por debajo de la mesa como diciéndole que también se saliera. Sin muchas ganas decidió acompañar a Samuel.

Samuel no había alzado la mirada hasta que Chebo le empezó a preguntar de su trabajo. Pero Samuel le contestaba con puros si o no. Decidió preguntarle si estaba enojado con él. Bajando el periódico, Samuel le respondió que no. −¿Por qué me preguntas eso?

−Es que estás medio callado y pensé que a la mejor yo…

−No, Chebo—interrumpió Samuel—lo que pasa es que Alicia y Judith se pusieron a hablar de modas. Conociéndola, sé que me va a pedir que la lleve a un desfile de modas hoy por la noche. A mí me aburren esas cosas, pero se lo había prometido hace mucho. Ya hasta se me había olvidado.

Chebo, viendo la oportunidad de poder quedarse a solas con Alicia, añadió, −Si es muy de vez en cuando no le veo mucho problema.

−Lo malo es que me recuerda los días antes de que vinieras. Nomás en estupideces como esa se preocupaba. Era como si no quedara nada bueno en esta vida.

Chebo se quedó conmovido ante ese momento de sinceridad. Se sintió mal. Quiso decir algo que le pudiera servir a Samuel. Siempre le pasaba lo mismo cuando otra persona estaba triste. Era algo que lo heredó de su mamá. Decidió mejor no decir nada. De cierta manera se lo merecía Samuel por no ayudarlo con lo de Jacobo.

Chebo se levantó para irse a su cuarto. De repente se le ocurrió algo y volviéndose a Samuel le preguntó, −¿Cómo es que te sientes? —y sin quitarle la mirada fija, continuó, −¿Igual que yo me siento sin Jacobo?

A Samuel le sorprendió la astucia de Chebo. Iba a contestarle cuando entraron Judith y Alicia. Intercambiaron unas cuantas palabras en inglés y echando un suspiro al aire, Samuel se volteó hacia Chebo. –¿Qué te dije? Ahora creo en el dicho ese que me enseñó Alicia, "Tan pronto dicho que hecho".

–No ha de ser para tanto, Sr. Jackson –empezó Alicia, agarrando a Samuel por el brazo. –Nosotras las mujeres a veces necesitamos ver esas cosas. Es como si Uds. se pusieran a ver ese fútbol mugroso.

–Está bien, está bien, –exclamó Samuel—con ustedes no se puede ganar ni una.

§§§§

Cuando el carro se alejó de la casa, Alicia pronto cerró la puerta y tomando a Chebo por las manos lo llevó hasta la sala. –¿De qué se trata pues, Chebo? ¿Cuál es el gran misterio?

–No. Si no es un gran misterio. Lo que quiero saber…bueno, no sé cómo decírtelo. Necesito que me ayudes a buscar a Jacobo.

–¡Úchila! Ahí sí que me la pones dura. ¿Qué quieres que yo haga?

–Pues la verdad no sé. Necesito llegar a la casa de mi tío. No sé muy bien dónde queda, pero estoy seguro que del mercado doy con ella.

–Y, ¿apoco quieres que te lleve yo?

–Pues…pues sí. Si puedes, digo.

–No, Chebo. Y no es que no quiera. Si yo por mi encantada. Pero, ¿qué si no la hayas? Juárez es una ciudad muy grande, ¿sabes?

–Sí. Ya sé. Pero es que a Samuel y Judith lo único que les importa es que yo me quede con ellos. No están haciendo nada por encontrarlo.

–Bueno, en eso sí te doy la razón. Noté la expresión del Sr. Jackson cuando le preguntaste por tu hermano. Y de Judith no se diga, batallé más que nunca para que se interesara en ese desfile de modas.

–¿Quieres decir que…

–Sí. Ya le encontré el lado flaco. Era la única forma de hacer que se fueran los dos.

88

–Gracias, Alicia. De veras.

–Ni me las des. Lo que tenemos que hacer es encontrar la forma de ayudarte. ¿Recuerdas el nombre de la calle de tu tío?

–Pues no. No hay letreros en todas las esquinas, y en las que había ni cuenta me di. Lo único que me acuerdo es que topa con la Cinco de Mayo. Recuerdo muy bien porque por ahí nos fuimos Jacobo y yo.

–¡Uy! Esa calle esta algo larga. ¿No te acuerdas de qué lado de la calle 16 de septiembre está?

–Sólo recuerdo que volteamos a la derecha cuando llegamos a la dieciséis. ¿Te ayuda eso en algo?

–Pues cuando menos ya descartamos como a la mitad de las calles. **Aun** así son como unas veinte calles.

–Ándale, Alicia. Llévame. No le hagas. Sé que sí la encuentro.

–¿Y si no? La que se queda con el bulto soy yo. Nunca me lo perdonarían los Sres. Jackson.

–No tienen que saber. Nomás dices que tú no sabes nada y se acabó. Nadie tiene que saber que me ayudaste.

Alicia no se sentía segura de qué hacer. Sabía que tenía que ayudar a Chebo. Sabía que, de no hacerlo, Chebo se iría sólo y eso sería más peligroso. Era mucha la responsabilidad. Y más ahorita que su abuelita no estaba del todo bien. ¿Qué pasaría si se metía en líos? ¿Quién cuidaría a su abuelita?

–Decídete, Alicia. Por favor –insistía Chebo.

–Es que tengo miedo meterme en problemas. ¿Después quién le daría su medicina a mi abuelita si pasara algo mal?

–No tiene por qué pasar. Es más. Nomás dime dónde está el puente. Me dejas ahí y yo le sigo sólo. No te lo pediría si no fuera porque Jacobo es lo único que me queda, Alicia. Tengo que encontrarlo.

–Está bien, yo te ayudo –dijo Alicia. Chebo saltó de gusto. Era lo que más quería oír en ese momento.

–¿Cuándo? –preguntó Chebo.

–Tendría que ser un día entre semana. Hagámoslo este lunes, ¿OK?

–¿Y cómo le hacemos?

–¡Ya sé! El lunes después de que se vaya el Sr. Jackson al trabajo, yo le hablo a Judith por teléfono a eso de las diez de la mañana. Cuando la oigas hablando por teléfono, tú te sales y te vas al Seven Eleven que está como a cuatro cuadras de aquí. Yo ahí te espero. ¿Cómo se te hace?

–¡Perfecto! Sabes, Alicia, si encuentro a Jacobo le voy a decir que se encuentre una muchacha como tú.

–¿Así que te gusto para cuñada?

Los dos rieron. En ese momento parecía formarse un lazo de hermandad entre ellos. Se quedaron platicando por largo rato. Los interrumpió el ruido del auto que anunciaba la llegada de Samuel y Judith. Se vieron mutuamente y se soltaron riendo en seña de complicidad. Se quedaron sentados como si nada hubiera pasado. Samuel venía riéndose y Judith estaba muy seria. Extraña combinación dado que habían ido a un desfile de modas, cosa que Samuel odiaba y Judith adoraba. Samuel no pudo contener la carcajada al entrar, aparentemente disfrutando de lo lindo que hacía a Judith renegar.

–Pero ¿qué pasó? –preguntó Alicia– ¿Why are you so quiet, Mrs. Jackson? It seems as if you just came from a football game, not a fashion show.

–Oh, Alicia. I should be very mad at you.

–¿Why?

–¿Why didn´t you tell me that it was going to be an exotic fashion show?

–¿A what? No...it couldn´t be...I swear I did not know! I thought exotic meant that it was very fancy...

–Well, I was delighted. –repuso Samuel que no podía contener la risa.

Chebo sólo los veía, sin entender nada. –Bueno, alguien tradúzcame, ¿no?

–No lo entenderías, Chebo. Es cosa de grandes –contestó Samuel—y yo voy a darle las gracias a Alicia por el resto de mi vida.

Judith, ya muy enfadada, anunció que se iba a dormir. –Good night, Mrs. Jackson. I am really sorry –dijo Alicia, y volteándose a Samuel, –Debería de avergonzarse, Sr. Jackson. La pobre de Judith está bien enojada.

–No lo puedo evitar, Alicia. Es que mi esposa está un poco anticuada y se escandalizó toda. ¡Si la hubieras visto! No se levantó de la mesa por pura cortesía. Ya no hallaba ni para dónde ver. Lo bueno es que no le alcanzaban las piernas para pegarme por debajo de la mesa. Me hubiera dado muchas patadas. ¡En todo el camino de regreso me repitió mil veces que era un viejo rabo verde!

–Mire, Sr. Jackson, si yo hubiera sido ella sus buenos pellizcos se hubiera llevado.

–No lo creo, Alicia. La mitad de las modelos eran hombres. Te hubieras quedado mirándolos como boba.

–A que Sr. Jackson, Ud. nunca se le quita el buen humor…

–Pues yo no me fui de aquí muy contento, pero tuve una noche inolvidable. ¿Lista para llevarte a tu casa?

–Lista. Así me cuenta con detalle todo lo que pasó. Además, no creo que Chebo entendió ni papa.

–Pues la verdad no –confesó Chebo.

–Por cierto, Chebo, ya que agarré a Judith enojada le dije que mañana iríamos a Elephant Butte a pescar. ¿Qué te parece la idea?

–¿A dónde dijiste?

–Es una presa que queda como a unas tres horas de aquí. Nos regresamos mañana. ¿De acuerdo?

Por no llevar la contraria y sabiendo que nada iba a pasar sino hasta el lunes, Chebo contestó que por él estaba bien.

–¡Ah! Hoy parece ser mi día de suerte –exclamó Samuel.

–Pero no para mí –interrumpió Alicia–. He estado tratando toda la semana de convencer a mi abuelita que me deje ir al cine a Juárez el domingo. Y si llego muy tarde a la mejor no me deja. Así que, ¡fuímonos!

Capítulo IX

El sábado por la tarde, Jacobo decidió ir a visitar a la abuelita de Graciela. La verdad no esperaba que le dijera algo de novedad. Quizás ahí estuviera Gabriela. Además, no había noticia de Ignacio. Ninguno de los doctores ni enfermeras del barrio decían haberlo atendido. No había pista alguna que seguir. Conrado decía que estaba seguro que el Mocho era quien daría el primer paso. Sabía que algo se tramaban y si lo iban a hacer, sería en cualquier días de estos. Jacobo le había preguntado si tratarían de alguna forma hacerse de la recompensa.

–No. No lo creo. Son demasiados listos para preocuparse por unos cuantos centavos.

–Pero si son mil dólares.

–Sí. Pero para ellos que ganan diez veces eso en su negocio no será la gran cosa. A menos que se encuentren sin dinero. Pero lo dudo. Conozco bien a gente como ellos.

Jacobo por algo no se había convencido por completo. Recordó las palabras de Aurelio cuando le dijo que alguien estaría escondido en el orfanatorio, y resultó cierto. Ahora podía ser igual. Pero Conrado tenía experiencia en estas cosas y él debía de saber mejor. Lo malo era que él no podía hacer nada, sino esperar. Aunque ahora sentía que se perdía el tiempo. Miles de veces le decía su papá que al tiempo había que darle tiempo, que las cosas pasaban cuando debían de pasar y ya. Pero su papá había sido un hombre un poco impaciente, tratando de forzar las situaciones a como diera lugar. Cuando le recordaba el dicho se ponía a reír y le contestaba a Jacobo que Dios no ayuda al que no se ayuda a sí mismo. Muy paradójico era su papá. ¿Pero quién no lo es? A veces sentía el impacto de las contradicciones en sí mismo. Parecían tirarlo por los dos brazos en sentidos contrarios. Por el momento sentía que tirón más fuerte era el de la paciencia. Tenía la corazonada que la suerte le hiba a cambiar. Era una confianza muy extraña. Pensó que sus padres le estaban ayudando desde el cielo. Sí. Eso era. Chebo siempre pensaba de esa manera, tal como su abuelita se lo había dicho siempre. ¡Qué sencillo pensar de esa manera!

La recepcionista del Centro Médico le señaló el cuarto de la Sra. Espinoza. Nomás quedaban quince minutos de horas de visita. Cuando ella vió a Jacobo entrar en el cuarto le dijo que sabía que vendría.

–Y, ¿cómo supo Ud. eso, señora?

–Son cosas que uno aprende a hacer. Pero me alegro que hayas venido. ¿Viniste para ver si tenía alguna novedad, no?

–Pues sí. Aunque la verdad ha pasado cosas de las que Ud. no tendría por qué saberlas.

–No te creas. Yo sé muchas cosas aun aquí desde mi cama. Pero oye, si no viniste a preguntarme por tu hermano, ¿lo hiciste por Gabriela?–. Jacobo se sonrojó sin saber qué contestar. Titubeo un poco pero la viejita no lo dejó empezar. –No te apures. Ni nieta es muy linda. Yo lo sé.

–Pero es que yo no…

–Te dije que no te preocuparas. Como te digo, yo sé muchas cosas. Dime, ¿ya encontraron a Ignacio?

–No. –dijo Jacobo, sorprendido de que ella supiera. –¿Cómo es que sabe de Ignacio?

–¿Y no han recibido llamada alguna por la recompensa? –. La viejita había esquivado la pregunta de Jacobo a propósito. Le gustaba tener esa aura de misterio. La recompensa a sus años, la llamaba.

–No. Tampoco –. Jacobo sabía que tenía que haber una explicación lógica por lo que sabía la viejita, pero no se le ocurrió ninguna explicación. –¿Y Ud. cómo sigue? –dijo Jacobo, tratando de cambiar la conversación.

La viejita sonrió. –Veo que has aprendido el don de salirte de situaciones difíciles. Es bueno eso. Te felicito. No todos tenemos ese don.

–Aun no me ha contestado.

–Yo estoy bien, muchacho. Tan bien como mis años me lo permiten.

–¿Cuándo la dan de alta?

–Mañana. Todavía no me toca mi hora. Unos cuantos años más y entonces sí. Para entonces mi Gabrielita se sabrá cuidar por su propia cuenta.

–No diga Ud. eso. Seguro que le quedan más años de vida a Ud. que a mí.

–No te creas, Jacobo. Ya casi le pego a los cien. Es una lástima que mi Gabrielita no esté aquí. Si la vieras. Estaba un poco preocupada por Uds. Así es ella.

Jacobo no supo que contestar. Entró una enfermera diciendo que se terminaron las horas de visita y se sintió salvado. Hablar con esa viejita lo dejaba algo incómodo. –Bueno, Sra., espero que siga bien y que pronto salga de aquí.

–Gracias. Por cierto, ve a la tiendita cuando quieras.

–Sí, señora. Lo haré con mucho gusto–. Y con eso salió sintiendo que de algo había servido su visita. No era como si la viejita le estuviera tratando de encajar a su nieta. Más bien le daba la impresión de que reconocía algo inevitable y no se interponía. No sé, pensó. Esa viejita parece de esas brujas adivinas.

§§§§

Al llegar Jacobo a la casa, Aurelio y Tobías lo estaban esperando afuera. Traían unas manoplas de béisbol y una pelota.

–¿Qué hay, muchachos? –preguntó Jacobo.

–Veníamos a ver si querías jugar béisbol. Nos retaron unos muchachos de la prepa pero nos falta un cuate. ¿Qué dices?

–No creo que…

–¡Juega!—interpuso Tobías, aventándole un guante a Jacobo. –Vamos pues, si no van a pensar que nos rajamos.– Y sin hacerle más caso a Jacobo se voltearon y empezaron a caminar. Jacobo pronto los alcanzó.

–No sé qué tan buenos sean Uds., –dijo Jacobo—pero si me dejan pichar ya estuvo que ganamos el juego.

–No nos digas. ¿Apoco eres coyote en algo?

–Pues ya verás. ¿Se va a apostar algo?

–Así me gusta que hables, Jacobo. Vamos a apurarnos para meterles una santa garrotiza. Apostamos un cartón de cerveza.

Chebo nunca había visto tanta agua junta. Lo único que conocía era el río que pasaba por detrás del pueblo allá en la sierra. No era muy profundo, pero lo bastante para nadar a gusto. El lago era grande. Muchos botes pequeños se paseaban por todos lados. Samuel había rentado una canoa porque esa le gustó a Chebo. Llevaban cañas para pescar y una cajita llena de lombrices. A Chebo lo que más le llamó la atención fue remar. Soltaba la carcajada cuando la canoa se le iba en puros círculos y no sabía cómo detenerla. Samuel lo dejaba para que se las averiguara sólo. Disfrutaba cada instante de todo aquello. Hasta se le olvidaba que estaba pescando y ya eran varios que se le habían escapado por no poner atención. No duró mucho para que Chebo figurara como hacer que la canoa se fuera más o menos derecho. Le dolían los brazos pero no quería dejar de remar.

–Déjame ahora a mí, Chebo. Hay que llevar la canoa hasta la otra orilla.

–¡Está muy lejos! –exclamó Chebo. Luego se le ocurrió que debían pretender que eran unos indios que necesitaban llegar a la otra orilla para llevarles medicinas a sus amigos.

Samuel le siguió el juego. –Si somos indios, tenemos que ponernos nombres. ¿Tú cómo quieres llamarte?

–Yo el Condor Negro. ¿Y tú?

–Yo Flecha Veloz.

Chebo se paró en la canoa y haciendo su voz lo más ronca que podía dijo muy solemnemente, –Flecha Veloz, si no llegamos antes que salga la luna nuestra gente morirá. El dios del sol está en nuestro lado. ¡Sigamos adelante!

A Samuel le fue fácil seguirle el juego. –Tienes razón, Condor Negro. Solamente nosotros podemos salvar a nuestra gente. De estos brazos tendrá que brotar la fuerza para remar hasta nuestro destino.

Y así se fueron todo el camino. Cuando menos pensaron, ya se encontraban cerca. Los últimos cien metros fueron los más duros. Samuel se sentía como si tuviera treinta años. Esto era lo que había soñado hacer con Joseph. Todo estaba a la perfección. Podía ver que el gusto de Chebo era genuino. Ningún niño podría disfrazar eso. Su risa era abierta, como si hubiera estado encerrado por mucho tiempo. Sus ojitos a veces se le llenaban de lágrimas de pura risa. Y esa fortaleza.

No se había cuarteado en ningún momento. Casi como si fuera verdad eso de las medicinas. Chebo respiraba rápido de cansancio, pero ni así se le borraba la sonrisa del rostro. No que él no estuviera cansado. A sus años ya no era fácil andar en estas cosas.

Los dos tomaron un aventón en una lancha de motor que iba al otro lado. La espuma del agua que formaba la lancha los rociaba. Con el aire volándoles el cabello, los dos se fueron en silencio hasta llegar a la otra orilla. No pronunciaron palabra hasta llegar al carro.

—Hacía mucho que no me divertía tanto, Samuel. Gracias.

—Creo que yo me divertí más que tú, Chebo. Ha sido un día maravilloso. Sentí como si deveras fueras mi hijo.

A Chebo no le molestó esa idea porque en muchas formas estar con Samuel le recordaba cuando su papá lo había llevado a montar a caballo. Había sido un día igual que este. Aquel día tampoco estaba Jacobo porque tuvo que quedarse a terminar un trabajo. Eran nomás él y su papá. Una de las pocas veces que estuvieron a solas. Casi siempre eran los tres. Y siempre era Jacobo quien recibía más atención. Aquél día nunca se le olvidaría. Como tampoco se le olvidaría este. Recordó que aún no sabía nada de Jacobo, pero no quiso hacer ningún comentario, pues podría arruinarle el día a Samuel. Además, el arrullo del carro lo hacía cabecear de sueño.

Samuel se sentía como un hombre nuevo. Por su cuerpo pasaba una tranquilidad parecida a la de un nadador cuando terminó una larga carrera y se encuentra descansando bajo el sol. No era posible sentir más tranquilidad que aquello. Volteó a ver a Chebo que ya se había quedado dormido con su cabeza botando sobre el vidrio de la ventana. Lo atrajo hacia él. Al sentir el calorcito de su cuerpo lo hizo sentir una vez más lo que era ser padre. Ya estuvo bien, pensó. Desde ese día tendría que dejar su egoísmo y ver por su hijo. Su hijo. ¡Qué raro se oía! A los sesenta años y todavía sentir ese amor paternal. Y de un niño ajeno.

Había algo más que quería hacer con Chebo. Quería ir a misa y oír un sermón. Sus trabajadores a veces le platicaban de eso. Decían que los hacía sentirse buenos y fuertes para no doblegarse ante los infortunios de la vida. Eso quería hacer. Como despedida. Luego buscaría a Jacobo. Ya no les pediría que se quedaran. Sería mucho pedirles. Estos recuerdos lo alimentarían por el resto de su vida. Siempre recordaría este día. Ni en sus sueños se lo había imaginado tan bonito. Se había sentido niño y padre a la vez. De una forma extraña, le daba una nueva dimensión a su idea de ser esposo. Empezó a acariciar el cabello negro de Chebo. Llegarían a El Paso ya a obscuras.

§§§§

Jacobo y los muchachos regresaban a la casa a eso de las nueve de la noche. Venían sudando. Caminaban como si no podían ni con su propia alma. Pero en sus rostros se reflejaba el sabor a triunfo. Entraron a la casa del tío y con ansias empezaron a tomarse las cervezas que tanto trabajo les había costado ganar.

–Íjole, Jacobo. Si no hubieras estado ahí, nos hubieran comido vivos. ¿Dónde aprendiste a pichar así?

–Me enseño mi papá cuando estaba chico. Él era el lanzador estrella allá en sus tiempos.

–Pues te dejaste caer. Dos a uno no es exactamente un juego de bateadores.

–A mí se me hizo que el otro era mejor lanzador que yo.

–Sí. Pero ya ni friegan. Ese cuate lanzaba para los Indios de Juárez el año pasado. Cierto que se lastimó, pero aún tiraba pura lumbre.

–De no ser por ese doble que te echaste en la quinta entrada, Aurelio, nos hubieran ganado. Ya con la ventaja fue más fácil para mí taponear las últimas entradas,.

–Bueno. Lo importante es que ganamos. Salud–. Los tres gozaban de sus cervezas cuando tocaron la puerta. Era Conrado.

–Buenas noche, detective –empezó Tobías, estirándole un bote de cerveza. Conrado lo ignoró. Clavaba la mirada sobre Jacobo. Era una mirada sin expresión pero bastante dura.

–¿Qué pasa, Conrado? –preguntó Jacobo– ¿A ocurrido algo?

–Quiero hablar contigo a solas–. Tobías y Aurelio pronto recogieron sus cervezas y guantes. Parecía que no le caían bien al detective. Intentaron disculparse pero con un ademán, Conrado les dio entender que no se apuraran.

Una vez solos, Conrado se sentó. Jacobo no sabía qué decir. No entendía por qué Conrado lo veía de esa manera. No quiso quebrar el silencio. Sus miradas se quedaron fijas. Jacobo sin entender, Conrado sin quebrar el silencio. Así se quedaron por un minuto que pareció una eternidad. Por fin Conrado habló, –Jacobo, de plano no te entiendo. A veces me muestras ser todo un hombre y en momentos

97

pareces un chiquillo sin sentimientos–. Jacobo se quedó sorprendido y confuso. –¿Hace cuánto que llegaron a **Juárez? No hace mucho, ¿verdad?** Y en ese poco tiempo que has estado aquí te han pasado muchas cosas, ¿no es así? Tantas que no creo que yo las pudiera aguantar.

–¿A qué viene todo esto, Conrado?

–Déjame seguir. Desde que llegaste con tu hermanito ha habido dos asesinatos. Uno de ellos el de tu tío. ¿Te acuerdas de tu tío, verdad?–. Jacobo intentó decir algo pero otra vez Conrado lo calló. –Si mal no recuerdo esta es su casa también. Y si eso no fuera poco, de saber yo todavía no te han pasado los papeles legalmente. Es más. Aún está el cuerpo de tu tío en el crematorio de la ciudad. No se ha hecho planes para su entierro y si no lo hace alguien, en treinta días será incinerado o donado a una universidad médica. Y tú aquí sentado. Muy quitado de la pena. Echándote unas cervezas con tus cuates. Contéstame una cosa, ¿te has quedado sin compasión humana? ¡Contéstame!

Jacobo había bajado la mirada. Era cierto lo que le decía Conrado. No se había preocupado por el cuerpo de su tío. No entendía por qué. En ningún momento había sentido ese impulso de hacerse cargo del cuerpo.

–Contéstame, pues. O, ¿te vas a quedar mudo?

Era algo que no se podía explicar a sí mismo. Las ideas le llegaban confusas a su mente. Se le abultaban sin dejarlo concentrarse. No encontraba respuesta para explicar su actitud. ¿Por qué lo había hecho? ¿Era que en el fondo lo odiaba? ¿Era que le echaba la culpa de todo? ¿O simplemente no lo había conocido lo suficiente para tenerle afecto? ¿Sería que no quería verse cara a cara con la muerte después de lo de sus papás? ¿Qué era? Ahora Conrado se lo echaba en cara. Pero no sentía ningún remordimiento. La parte de su ser donde guardaba la imagen de su tío parecía muerta. Es más, no sabía si existiera esa imagen. No sabía si para él el tío había sido otro extraño cualquiera.

Jacobo sintió que lo levantaban en vilo arrojándolo hasta el otro lado del cuarto. Eso lo hizo despertar de sus pensamientos. Le gritó a Conrado que no sabía, que no sabía por qué esa apatía por su tío.

Conrado pareció contenerse. Se pasó la mano por el cabello. Fue a sentarse, esperando que Jacobo se incorporara. –Está bien. Hablemos de ello.

–No lo sé, Conrado. Te estoy diciendo la verdad. Aún ahora que me lo mencionas, no siento nada acá adentro. Lo sentí el día que murió y los días siguientes. Lo sentí tanto como la desaparición de Chebo. Pero ahora no. No me pidas que te lo explique. Ni yo mismo lo sé. Quizás sea que de no ser por su avaricia nada de esto hubiera pasado–. Jacobo parecía más bien hablarse a sí mismo que a Conrado. Su voz empezó a subir de tono. Se le empezaba a quebrar con una mezcla de rabia y odio. —¿Qué le costaba dejar que Chebo fuera a la escuela? ¿Qué tanto se ganaría con eso? Tú explícamelo, Conrado. ¿Por qué ese chingado orgullo de que a huevo se hiciera lo que él quería? Chebo apenas tiene ocho años. ¿Hasta dónde llegaba su pinche avaricia que no quería respetar siquiera la memoria de su padre y de su propia hermana? ¿Qué clase de bicho es ese? ¿Merece respeto alguien tan desgraciado como él?–. Las lágrimas le empezaban a correr por los ojos. Conrado quiso detenerlo pero Jacobo le aventó la mano. –No, Conrado. Me cansé de lamentos y buenas intenciones hacia él. Era su méndiga obligación. Era el deseo de mi madre muerta.

–¿Y cuál es tú deber, Jacobo? Ah, sí, porque tú también tienes deberes. ¿O te crees absuelto de ellos por estar pasando por este sufrimiento? No, chiquito. Te muestras muy pronto a condenar las malas acciones de los demás. Hasta bicho has llamado a tu tío cuyo sólo error era el de su avaricia. Cuando estaba vivo y te estaba ayudando a encontrar a Chebo, entonces sí era gran hombre, ¿verdad? Entonces sí, porque te convenía. Él quiso enmendar su falta. Por eso murió, intentándolo. No tenía por qué irse a meter en peligro por Uds., que al fin y al cabo solo eran los hijos de una hermana distante. Pero lo hizo. ¿Qué eso no cuenta para ti?

–Discúlpame, Conrado. Estoy confuso. No sé ni qué pensar.

–Quieres olvidarte de todo, ¿no es cierto? ¿Te quedó grande el bulto?

–No. Mira Conrado, acepto que hice mal en olvidar al tío. Sé que no tengo excusa. Pero de Chebo no me he olvidado. No pararé hasta tenerlo conmigo otra vez. En cuanto a mi tío, ¿qué tengo que hacer? Yo no sé de estas cosas.

–Para eso es demasiado tarde. Su cuerpo ya fue donado a un laboratorio médico. Tu tío así lo solicitó en un papel que cargaba en su cartera.

Jacobo se quedó viendo fijamente a Conrado. No sabía qué pensar. Por un lado se preguntaba por qué le había dicho todo esto si el cuerpo ya estaba en buenas manos. Por el otro, no sabía qué pensar de que su tío no tuviera una cristiana sepultura. Algo tarde, pensó. Algo tarde para preocuparse por eso.

Conrado continuó, –Te preguntas por qué saqué todo esto, ¿no? Lo noto en tu expresión. Pues bien. Quise que aprendieras bien que ante todo no debes de olvidarte de las otras personas, menos si son tus familiares. Habrá muchos momentos en que tengas que hacer cosas que no te agraden o que no te importen.

Hay cosas que se deben hacer simple y sencillamente porque se deben hacer. Y esta era una de ellas. Quizás te preguntes que quién soy yo para decirte todo esto. En todo caso, soy un simple detective. Yo pasé por algo como tù y cometí el mismo error que tú. No te podría contar el número de días en el que me he arrepentido de ello. Demasiado tarde. Nada se podía hacer para remediarlo. Con lo de tu tío, yo me enteré muy tarde. Tendrás que cargar con eso.

Jacobo permaneció callado. Poco a poco captaba la idea que Conrado le decía. No podía decir que la entendía por completo. Se quedó viéndolo sin pronunciar palabra hasta que lo vió salir de la casa. Tenía razón. Ahora le tocaba a él cargar con eso. Se hizo lo que el tío quiso. Eso le daba cierto consuelo. Pero la lección era clara. No debía olvidarla nunca.

Permaneció parado en el mismo lugar sin darse cuenta que Aurelio y Tobías habían regresado. Le preguntaron que si qué tenía, que si qué había pasado. Se oyó contestar que nada.

Capítulo X

Chebo despertó muy temprano por la mañana. Apenas creía recordar que lo habían bajado en los brazos y puesto en la cama. Bien duro le había pegado el sueño. No quería ni moverse de lo adolorido que estaba. Especialmente en la espalda; cerca de la paleta. Pensó que había dormido por más de doce horas. Nunca en su vida había hecho eso antes. El resto de la casa estaba muy callada. Era muy temprano para que se levantara Samuel y Judith. ¡Qué solos se habran de sentir estando nomás ellos! Sin ruidos, ni risas de niños. Ni siquiera de las casas vecinas. Si había niños vecinos se escondían o algo porque nunca los veía en la calle. Samuel decía que así era allí; que los niños parecían más atentos a la televisión que a jugar afuera. Con qué razón Samuel quería que se quedara. Pero si se quedara, ¿con quién jugaría? Era una lástima, con los jardines tan bonitos y el zacate tan parejito en todas las casas. Parecía un desperdicio no usarlos para revolcarse o jugar a las luchas.

Empezó a pensar en Jacobo. ¿Qué estaría haciendo ahorita? ¿Hasta cuándo iban a estar separados? ¡Si hoy fuera lunes! Ya se le hacía que no llegaba. Estaba seguro que encontraría la casa del tío. Entre más pensaba, más recordaba el camino. No sería muy difícil. Empezaba a imaginarse cómo sería cuando se volvieran a ver. ¿Quién hablaría primero? ¿Se le quitaría la vergüenza a Jacobo de decirle que lo extrañaba? ¿Y qué pensaría el tío? ¿Cambiaría de opinión de lo de la escuela? ¿Cómo lo trataría después? Se hacía todas esas preguntas. En el fondo sentía que solo era cuestión de tiempo. Ya no existían dudas de que se volverían a ver. El lunes a más tardar estaría con él de una forma u otra.

¿Qué irían a pensar los Jackson de él cuando se dieran cuenta que se había escapado? Quizás se alegrarían. En el fondo los dos eran buenos aunque egoístas. Se sentiría mal en dejarlos. Si le hubiesen ayudado, quizás intentaría convencer a Jacobo a quedarse con ellos. Pero no le habían ayudado. Al contrario. Por eso tenía que hacer todo a escondidas. Y conociendo a Jacobo, se enojaría tanto con ellos que ni verlos iba a querer.

Empezó a oír voces de la recamara de los Jackson. Parecía que estaban averiguando. De pura curiosidad se acercó a la pared para oír mejor. Sabía que no les entendería, pero aun así prefirió escuchar.

–Boy, you´re really something else, Sam. Now that you´ve seen that I´m getting along just fine with him, you want to let him go.

–It was you who was giving me hell at first, saying that it wasn´t right. Remember?

–But that was before he told me that he wanted to be like Joseph. Sam, I feel as if he is back with us. Don´t ask me to let go of that!

–He told you that, huh? Well, let me tell you something. That little boy is smarter than we think. He is using his brains to try to get us to help him find his brother. He´ll say anything that he feels will help him with that. Furthermore, about what he said to you, Chebo least of all would want to be like Joseph. He is using you!

–Sure. You can say that now. You already had your dream come true. So now you suddenly developed this great sense of righteousness. Well, I am opposed to it. Let me have a chance at reliving some of the old memories!

–I can´t do that,

–Why not? All you have to do is look for Jacobo without telling him about it.

–O.K. I´ll tell you what, come Monday I will go to Juarez to look for him and if I don´t find him, I´m coming for Chebo so he can show me where he lived. Is that understood?

Chebo se retiró de la pared. Hablaban de él y de Jacobo. También habían mencionado a Juárez. A la mejor estaban averiguando si ayudarlo o no. Sí. Eso debía de ser. Algo le hacía sentir que Samuel había cambiado de opinión. Esperaría a ver qué le decían sin moverle al asunto. De toda manera ya tenía todo planeado con Alicia si es que no resultaba nada de esto. Lo mejor era quedarse callado. Por nada del mundo debía despertar sospechas de lo que tenía planeado. Oyó la puerta de los Jackson abrirse y rápido brincó a la cama haciéndose el dormido. Fingió estar despertando cuando Samuel entraba a su cuarto.

–Ya levántate, flojo. Hoy es domingo y hay que ir a misa.

Al llegar a la iglesia Samuel paró de hablar. Desde el almuerzo y durante la ida a misa todo lo que hizo fue relatar otra vez todas las aventuras del día anterior. No que le importara a Chebo, pero Judith estaba muy callada y no sabía si debía seguirle la corriente a Samuel. Lo que fuera que habían averiguado entre ellos seguía siendo un secreto para Chebo. No le habían mencionado nada. Todo parecía como si nunca averiguaron. Judith sugirió ir al cine después de misa. Mencionó una película de Walt Disney. Samuel se opuso porque dijo que iba a llevar a Chebo a un juego de béisbol, y que sólo si había tiempo después del juego, irían al cine. Desde ese momento Judith se quedó callada.

–El sermón es en español, Chebo. Le podrás entender.

Cómo podía ser tan hipócrita, pensó Chebo. Venían a la casa de Dios a rezar y oír su palabra, pero se negaban a ayudarle a reunirse con su hermano. Claro que no todos los que iban a misa estaban libres de pecado, pero ¿una cosa como esta? Su abuelita le decía que uno iba a misa cuando se estaba arrepentido de todos los pecados no nomás para cumplir una obligación. ¿Estaba Samuel arrepentido? Diosito, ¿qué debo hacer? Tú sabes que quiero ser bueno. ¿Y Jacobo? ¿Lo estás cuidando? ¿Está bien? ¿Me vas a ayudar a encontrarlo? ¿Vas a hacer que Samuel me ayude? No quiero causarles nada malo. Solo quiero poder estar otra vez con Jacobo y empezar de nuevo.

–Que la paz del Señor esté con vosotros…

–Y con tu espíritu… –musitó Chebo. Diosito, quiero que esta vez que empecemos Jacobo y yo, que nos ayudes a mantenernos fuera de peligro. Sé que nos vas a juntar porque eres bueno. ¿Verdad? Va a ser este lunes, ¿cierto? Diosito, es que no sé qué haría si supiera que ya no iba a ver a Jacobo. Yo sé que mis papás lo están protegiendo desde allá en el cielo, como lo han hecho conmigo.

–La primera lectura según…

Perdóname si no le estoy poniendo atención a la misa. Mi abuelita siempre me decía que lo más importante es hablar contigo. Sólo tú me puedes ayudar. Haz que nada le haga cambiar la opinión a Alicia. Sé que la puedo meter en problemas. Ahorita ya se ha de estar alistando para ir al cine. Si pudiera ir con ella. No tendría que esperarme hasta el lunes. Ay, Diosito, ya no sé ni cómo pedirte esto. Pero tú sabes. Tú me conoces por dentro. Padre nuestro que estás en los cielos, santificado sea tu nombre…

§§§§

Aurelio y Tobías tocaron fuerte en la puerta. Había estado medio extraño Jacobo después de la visita del detective. No les había querido decir nada y decidieron dejarlo sólo. –Ándale, Jacobo, abre.

–Jacobo, es Aurelio. Mira. Sea lo que sea que te dijo ese tal Conrado, no es para que te achicopales todo–. Jacobo les abrió la puerta. –¿Qué pasó, pues? Somos tus camaradas, ¿no? Aquí estamos para alivianarte.

–Es la neta, Jacobo – agregó Tobías –para mí ese detectivillo anda medio raro de la cabeza. Con gusto le hubiera metido unas buenas patadas.

–No. No andaba mal de la cabeza. Vino a decirme unas cuantas verdades y eso fue todo.

–Pero, ¿de qué hablas, hombre?

–Me recordó que no había hecho nada para hacerme cargo del cuerpo del tío–. Jacobo terminó contándoles todo. Aún no se le había pasado el disgusto consigo mismo. Pero tampoco le había cambiado su falta de sentimiento hacia su tío. Por algo no sentía nada. Quizás tan solo un poco de compasión.

–Hombre, Jacobo. Tú ni te preocupes de eso. Cantidad de veces nos dijo tu tío que él no quería ser enterrado. Decía que ese era un gasto innecesario para los que quedaban vivos. Que al fin y al cabo se iría su alma al cielo o al infierno y quedaba a pudrirse poco a poco.

–Pero eso no cambia que no quise hacer nada por él. Yo no sabía eso.

–Ahora ya lo sabes. Es más. Si hubieras metido tu cuchara, ahorita estaría bajo tierra echándote puras maldiciones. No importa lo que te haya dicho ese detective. Lo importante es que se hizo lo tu tío quería. Además, ese cabrón no tiene por qué venir a cargarte la conciencia con sus sermones. Su trabajo es buscar al Mocho, no a venir a impartir catequismo.

–Conrado lo hizo de buena fe –lo defendió Jacobo—de eso me consta. Ha sido a todo dar conmigo.

–Bueno, pero ya mejor dejemos eso por la paz. ¿Qué dices si vamos al cine ahora? Está una película de Jorge Rivero y en esas se llenan de chavas bien bonitas. Si no quieres tirar movida, que le hace. Nomás para que te distraigas un poco.

–Tú síguele con esa cara de pocos amigos. Así no nos haces tanta competencia y a lo mejor ligamos. Te vamos a llevar a huevo.

–No sé, muchachos. Me siento gacho si voy. Conrado....

–A la madre con Conrado. Jacobo, si quieres paramos en un teléfono para que le pidas permiso–. Jacobo se quedó pensando. Sabía que se sentiría bien sólo si Conrado aprobara.

–Está bien, pero le voy a hablar a su casa primero.

Pararon en el primer teléfono que vieron. Conrado no estaba. Contestó su esposa.
–Tú no te preocupes por eso, Jacobo. Mi esposo es un poco raro en eso. No sé si te haya contado del incidente, pero desde ese tiempo es muy celoso de su deber. Y se enoja cuando otros no lo hacen.

–Pero él tiene razón, señora.

–Sí, Jacobo. Pero solo en parte. Antes que nada, somos humanos y nuestros errores no nos deben hacer masoquistas. Si yo fuera tú, yo iría al cine y trataría de encontrarme una novia por ahí. No creo que tengas muchos problemas con eso–. Jacobo se sonrojó y no supo qué contestar. –Que tengas buen tiempo, Jacobo. Y adiós.

Al colgar, Aurelio y Tobías le cayeron encima como buitres. –¿Y qué paso, pues?

–No estaba. Pero dice su esposa que espera que me divierta.

–Ya ves. Si bien te decíamos nosotros.

§§§§

Alicia se sentía un poco cohibida siempre que salía con Estela y Araceli. Araceli era la más bonita de las tres. Era la que ganaba todos los concursos de belleza en la escuela. Y si no fuera porque se pintaba poco demasiado, era de las que tenía oportunidad de salir Miss El Paso. Su fuerte era su mirada. Cuando platicaban con muchachos, nomás les lanzaba su mirada y con eso se los ganaba. Estela por el otro lado no estaba tan bonita quero recuperaba terreno perdido con su forma coqueta y su forma de vestir algo sugestiva. Era la que tenía más personalidad y sabía mejor cómo hablar con los muchachos. Alicia no se quedaba atrás en atractivo. Su belleza era algo distinta. Más del tiempo era la seria, pero tenía una mirada a veces pícara, siempre atraía a los que tenían intenciones más serias. Ir al cine los domingos era algo nuevo para Alicia. Esta sería su segunda vez.

–A ver a quién nos pescamos, muchachas, –dijo Estela cuando pagaban por los boletos—aquí hay mucho de donde escoger.

–Ya ni la haces, Estela. Venimos a ver la película–. Alicia aún no se acostumbraba a la forma de ser de Estela. Era demasiado franca. Y lo malo era que lo decía cuando la pudieran oír.

105

–Pues yo no sé…por mí…quiero ver con cual papacito pego.

–Ya déjense pues de eso y fíjense en aquellos tres que vienen allá. No están mal–. Era rara la vez que Araceli expresara que le gustaba alguien. Y siempre que lo hacía, sabían que se debían conformar con las sobras.

–Ya sé –dijo Estela—hay que dejar que entren primero. Luego los seguimos.

–Ay, Estela. Eso es muy obvio. Parece que andas desesperada.

–Es cierto, Estela. Nos estamos quemando de a feo.

–Ándeles pues –respondió Estela—tendremos que hacerla a la songa. Ya no saben otra cosa–. Estela sabía muy bien que las estaban viendo. Alicia no agarraba la onda y andaba medio despistada. –¿Tú a cuál quieres, Alicia?

–Ni siquiera sé de quién me hablas. ¿Cuáles?

–Aquellos tres que disque están comprando sodas.

–¿Dónde está el del pelo rizado?

–Esos meros. Pero ese es para mí–. Estela ya les había dado a entender muy bien que estaban hablando de ellos. Tenía ese don del coqueteo.

–Ah, no –se interpuso Araceli—el que nos toca nos toca–. Araceli siempre salía con eso porque sabía muy bien que sería la preferida. Así se daba el lujo de escoger. Le sorprendió cuando Alicia les dijo que se cuidaran porque ella se los iba a volar. Las tres rieron. No estaba tan sonsa esta Alicia. Decidieron ir a sentarse.

Los tres muchachos se quedaron comprando las sodas por otro rato. No querían seguirlas tan pronto porque después se iban a creer la divina garza envuelta en huevo y se pondrían sus moños. Mejor tenerlas en suspenso. Así podrían controlar mejor la situación.

–¿Qué dices, Jacobo? –le preguntó Aurelio– ¿te avientas?

–No. Yo nomás los acompaño para no regarles el tepache. Si quieren déjenme la más fea. Yo la entretengo para que no les estorbe.

–Ya vas –continuó Aurelio—vamos a sentarnos enfrente de ellas.

–¿Enfrente? –preguntó Jacobo. –¿Qué la movida no es de sentarse atrás? Así le hacíamos allá en la sierra. Para jugar con la trencita. Uds. saben.

–No, hombre. Eso está 're anticuado. Estas chavas están más truchas que eso. Tú nomás síguenos y nosotros sacamos las tóricas.

–Está bien. Sé que estoy medio arrancherado. Yo los sigo.

Por suerte encontraron asiento casi enfrente de ellas. Jacobo se sentó en la parte más lejos, luego Aurelio y después Tobías que decía que él iba a dirigir el ataque. Se sentaron sin ni si quiera voltear a verlas.

–¡Qué payasos! –le dijo Estela a Alicia. Alicia no contestó,

Jacobo no entendía por qué se quedaban callados tanto tiempo. De donde él venía ya los hubieran marcado de tímidos. El más agresivo era el que casi siempre salía ganando. Están locos, pensó.

Al mismo tiempo, Estela empezó a preguntarse por qué no decían nada. Sabía que se habían dado cuenta. A la mejor eran de los que se creían muy buenotes y esperaban hasta que fueran ellas las que hablaran. Se le ocurrió una idea.
–¿Por qué no van tú y Alicia a comprar unas sodas, Araceli? Yo me quedo cuidando los asientos.

–Mejor vayan Uds. dos y yo me quedo –Araceli ya conocía a Estela y no iba a dejar que se quedara con la suya.

Estela la pensó un poco y después dijo que estaba bien. Alicia pronto dijo que ella iba. Tobías las clachó de reojo al momento en que se pararon. Con una seña a Aurelio se pararon para salir por el pasillo opuesto. Jacobo nomás se les quedó viendo sin saber qué fregados estaban haciendo. No pudo evitar encontrarse con la mirada de Araceli que le había sonreído. Casi por reflejo se volteó sin contestarle la sonrisa. De a tiro le había lanzado el anzuelo.

Pues estarás muy chula, pero se me hace que eres medio chocante, pensó Jacobo de Araceli. Además, Tobías ya había dicho que era la que le gustaba a él. ¿A dónde se habrán ido? Se le ocurrió que, si los otros se emparejaban con las otras dos, le iba a tocar con la que le estaba echando sonrisas. De pronto notó que una de ellas se dirigía por la misma fila donde estaba sentado. Al llegar a donde estaba él, Estela le pidió permiso para pasar.

–Creo que me equivoqué de fila –comentó Estela, sin quitarle la mirada a Jacobo.

Jacobo se paró y le dio campo para que pasara. Estela no se movió, haciendo a Jacobo pensar que no era suficiente espacio. Sabía lo que estaba haciendo esa muchacha, y no traía ganas de seguirle el jueguito. Optó por ignorarla, manteniéndose parado.

Estela no se dio por vencida tan fácilmente. –No quise molestarlo. Perdone.

–No tenga cuidado, señorita. Cualquier otro día y la hubiera invitado a sentarse.

–¿Y por qué ahora no? – preguntó Estela, sentándose al lado de Jacobo.

–Porque soy casado –mintió Jacobo.

–¡Vaya! –empezó a reír Estela—esta es nueva para mí. Todos dicen que son solteros y Ud. me sale con el cuento de que está casado. Pues no le creo.

–Y con tres niños, además –continuó Jacobo. De pronto escucharon la voz de Araceli que le preguntaba a Estela si le había traído su refresco. Estela de inmediato se las oleó que con Jacobo no iba a pasar nada.

–Oh, Araceli. Se me olvidó. Pero deja presentarte a…todavía no me dice su nombre…

–Jacobo. Para servirle.

–Este es Jacobo, Araceli. Mi amiga Araceli, Jacobo. Y yo me llamo Estela.

–Mucho gusto –dijo Jacobo casi automáticamente.

–¿Por qué no vienes a hacerle compañía a Jacobo, Araceli, mientras yo voy a ayudarle a Alicia con las sodas?

–¡Por Dios, Estela! ¿Qué va a pensar el joven?

–Por mí encantado –dijo Jacobo—aunque le confieso que soy algo aburrido.

Araceli no necesitó que le dijeran dos veces y pronto dio la vuelta para sentarse con Jacobo. No entendía por qué había hecho eso Estela, pero no iba a parar a preguntarle. Valía la pena jugarla calmada con Jacobo. La calma no era el fuerte de Estela.

Al rato llegaron los demás. Se habían hecho las parejas. Alicia-Aurelio y Tobías-Estela. Decidieron sentarse donde estaban ellas antes, dejando que Jacobo y Araceli se quedaran solos en la fila de enfrente.

Apenas iba a la mitad de la película, pero Jacobo ya se había dado cuenta que Araceli era como las niñas popis que había en la sierra. Se sabían bonitas y esperaban que les hicieran toda la corte. No estaría mal si tan solo no fuera tan fingida, pensó Jacobo. Decidió jugarle el mismo jueguito. Se la pasarían a hacerse los interesantes toda la tarde.

Cuando terminó la primera película, le sorprendió a Jacobo que no se hiciera para platicar todos en grupo. Por lo visto cada quien estaba para su cada cual, y ya. Aurelio y Alicia se levantaron y fueron rumbo a la dulcería. A Tobías nada del mundo lo hubiera hecho moverse. Traía bien abrazadita a Estela, que no parecía importarle. Entre Araceli y Jacobo el mismo silencio.

Araceli quebró el silencio. –Es Ud. algo serio, Jacobo.

–Ha de ser porque estoy casado. Todos me dicen que una vez casado, uno se vuelve medio huraño y muy fuera de onda.

Araceli no lo podía creer. ¡Con qué razón se lo había dejado Estela!

–¿Y su esposa? –preguntó de pura cortesía, pero su voz demostró su decepción,

–Se fue una temporada con su familia.

–Pero si está Ud. muy joven para estar casado –dijo Araceli por no ocurrírsele algo mejor.

–Son las apariencias. Yo tengo veintiséis.

Otra vez el silencio. Se apagaron las luces para empezar la segunda película, salvando a Jacobo que no podía contener la risa. Araceli se había tragado la mentira. Y él, que era de la sierra y que venía disque fuera de onda para las muchachas de ahí, sonrió entre sí. No se dijeron nada por mucho tiempo. Por fin, Araceli se le acercó al oído para decirle que no sabía cómo actuar sabiendo que estaba casado. Sabía que el perfume que traía distraería a Jacobo.

La proximidad de Araceli no le había pasado inadvertida. Jacobo le contestó con la misma moneda, susurrándole en el oído que no se preocupara, pero asegurando que sus labios hicieran contacto con el lóbulo inferior de la oreja de Araceli. Esperaba que Araceli retrocediera, pero no. Al contrario, se le quedó viendo con esos ojos tan bonitos que tenía. Después, con una voz muy quedita y obviamente practicada, le dijo –Pues qué lástima. Me habías gustado mucho.

Jacobo le sostuvo la mirada. Ya se las oleó, pensó, y ahora me la quiere jugar a mí. Sabía que tenía que pensar rápido. No quería que le volteara los papeles. –Así es la vida, preciosa. Eres un bombón, pero gracias a Dios, mi esposa está todavía un poco mejor.

A Araceli se le transfiguró la cara a una de enojo. Se volteó rápido y casi con el mismo movimiento se levantó. Estela la vio irse, en el fondo alegrándose que alguien la hubiera puesto en su lugar. No iba a dejar a su pareja para ir a contentarla. Araceli necesitaba que le bajaran un poco los humos. Pero Alicia reaccionó de otra manera.

–Perdóname, Aurelio. Déjame ir a ver qué le pasó a Araceli. ¿OK?

–Claro. Pero vuelves. –Aurelio de veras estaba impresionado con Alicia.

–Luego vuelvo. Te lo prometo –le aseguró Alicia. Aurelio se le quedó viendo cuando se retiraba. Le retumbaba el corazón. Tan grande había sido la impresión que le había causado.

Se estaban tardando en regresar. A los quince minutos, Estela salió de entre los brazos de Tobías, dándose un beso al separarse. Estaba algo fastidiada. Ya conocía a sus amigas. Nunca fallaba. Dirigiéndose a Tobías, –De veras lo siento. Se me hace que mis amigas no regresan. Las conozco.

Tobías trató de impedir que Estela se fuera, intentando abrazarla.

–Lo siento. Venimos juntas y nos vamos juntas–. Con mucha habilidad se quitó a Tobías de encima. –Quizás nos vemos el próximo domingo, ¿sí? –. Empezó a irse, pero luego se regresó y se dirigió hacia Jacobo y en voz muy quedita le dijo. –No sé qué hayas hecho, Jacobo, pero acá entre nos, me alegro que le bajaras un poco los humos a mi amiga. Bueno, muchachos, ¡Chao!

–No. Cómo que ¨Chao¨ –interpuso Aurelio–cuando menos dime donde vive Alicia.

–Lo siento, chulo. Eso es algo que nomás ella puede decirte. Adiós.

Araceli no quiso decir nada hasta que se habían subido al carro. Nunca la habían visto tan enojada. A Estela se le hacía medio chistoso. Alicia por lo tanto le daba toda la razón. A ella ya le había contado lo que pasó.

–¡Ese imbécil! Se cree la gran cosa. ¡Pendejo! ¡Desgraciado! ¡Me sacó que estaba casado y que su esposa estaba mejor que yo!

Estela soltó la carcajada. Furiosa, Araceli le preguntó que si de qué se reía.

–Pues a la mejor es cierto – dijo Estela, burlándose.

–¡Qué cierto iba a ser! Nomás quería darse el gran paquete. No tenía anillo ni la marca que dejan.

–Pues yo digo que es muy probable que la esposa sí esté muy bonita. Él no es nada feo.

–¡Ay, Estela! –interrumpió Alicia—no hagas que se sienta peor.

–No. Si yo nomás decía…

–Buena amiga que eres, Estela. Tú ya sabías y por eso me lo dejaste.

–Ah, eso sí que no. Yo me lavo las manos de todo asunto. Pero te aseguro que este Jacobo es el primero que te la juega medio ruda. Siempre traes…

–¡Espera! –gritó Alicia–¿dijiste Jacobo?

–Sí, ¿por qué?

–¡Pronto! ¡Devuélvete! Necesito hablar con él

–¿Y ahora que mosca te picó a ti?

–No te puedo explicar ahorita. ¡Por favor, devuélvete! ¡Es muy importante!

–Pues no es por nada, pero apuesto que ya no están en el cine. Pero si tú me lo pides, pues vamos.

§§§§

Los muchachos se salieron al poco rato del cine. Aurelio quiso ver si las alcanzaba, pero le salieron nones. No se veían por ninguna parte. Y si traían carro, ya no le verían ni el polvo. De cualquier manera, le dio vuelta completa a la cuadra. Al regresar, se encontró a Tobías y Jacobo carcajeando. –Oye, Aurelio, este méndigo vendrá de la sierra y todo, pero la puso panda a la bonita. Mis respetos.

–Pues nomás por ponerla panda me echó a perder mi movida. La morra que me tocó a mí sí que estaba de aquella.

–Pero si se veía medio chole, Aurelio –comentó Tobías, aun riendo.

–Pues no todos somos de tan bajas intenciones como tú –contestó Aurelio, enojado.

–¡Ah, jijo! Ya te entró otra vez eso de sermonearme.

–Tienes razón. Es que de veras me dejó impresionado.

–Por lo visto te entró la fecha del cupido de a feo –se jactó Tobías, haciendo como si estuviera tirando una flecha.

Los tres rieron. Pero Aurelio insistió una vez más, –¿Y no le sacaste la dirección a la tuya?

–No, hombre. Esa ruca no dice su dirección, aunque la tortures. Pero que le hace. Así me gustan. Besaba a toda madre.

Caminaron por toda la calle 16 de septiembre. Tobías, como siempre, con sus puntadas. No había carro de muchachas a las que no les chiflara, ni muchachas que paseaban por la calle a las que no les echara algún piropo. Estaba en su medio. Sacó lo mejor del repertorio de chistes. Aurelio y Jacobo se conformaban con oírlo y reírse.

Cuando llegaron a la casa, el Inspector Ramírez los estaba esperando afuera. Por su expresión, no eran buenas noticias.

Capítulo XI

Lo primero que les gritó Conrado, –¿Pues dónde andabas? Te he estado esperando por media hora–. Nunca se le quitaba la expresión seria a Conrado. Siempre frunciendo el ceño como si pensando. Pero ahora estaba visiblemente agitado. Era obvio que no había ido tan solo para darle una regañada. Algo sucedía.

–Te traté de hablar más temprano –dijo Jacobo–.¿Qué ocurre? ¿Encontraron a Chebo?

–No exactamente, Jacobo. Pero recibimos una llamada de teléfono pidiendo la recompensa. Mi hombre reconoció la voz del Mocho.

–Entonces, ¿Chebo todavía está con ellos? ¿Eso es lo que me estás diciendo?

Los tres entraron a la casa. Tobías prefirió quedarse afuera. Conrado continuó: – No exactamente, Jacobo. El Mocho dijo que podría entregar a Chebo mañana, siempre y cuando recibiera su dinero. Dijo que va a mandar a un mensajero y que después de ver el dinero, dejarán a Chebo en el lugar que el mensajero nos indique. Nos sentenció que no hiciéramos ningún truco. No quiso hablar más. Creo que estaba consiente que estaríamos tratando de trazar la llamada. Se oía música en el fondo y mi hombre reconoció que nos estaba hablando de una cantina de la Mariscal. Mencionaron a una tal Jamucha. Mandé a que investigaran.

–¿Y qué vamos a hacer si no tenemos el dinero?

–Como yo la veo, no nos queda otra que torcer al mensajero hasta que nos diga dónde está el Mocho. No veo alternativa–. Se oyó que tocaron la puerta de enfrente. Eran dos hombres de la jefatura. –¿Qué hay, Rodrigo? –preguntó rápido Conrado.

–Estuvieron ahí –contestó Rodrigo–. Pero nomás era el Mocho y una señora llamada Hortensia. Del niño nada.

–¿Crees que te mintieron los de la cantina?

–Ni de chanza, Conrado. Los exprimimos bien.

–Gracias, Rodrigo. Tú sigue con la pista a ver si das con él–. Y tan pronto como entraron, salieron. –Tal como me lo imaginé—Conrado parecía hablarse a sí mismo–. Tenías razón, Jacobo. Chebo está con esos americanos. Y sin duda fueron el Mocho y Hortensia a El Paso para recuperar a Chebo. Lo malo es que nosotros no podemos hacer nada una vez que crucen la frontera.

–¿Y entonces qué hacemos, Conrado? –A Jacobo se le había formado un nudo en el estómago. Otra vez sentía lo mismo que cuando se llevaron a Chebo. Otra vez estaba Chebo en peligro. –No nos podemos quedar aquí sentados. Quizás podamos interceptarlos al cruzar, ¿no?

–Sería muy difícil hacer eso. Hay varios puentes por los que puden pasar, pero también podrían pasar de mojados.

Aurelio sugirió que se pusiera un anuncio en la televisión con un retrato **del** Mocho, pero Conrado dijo que para hacer eso hay que hacer muchos trámites, y que estos se tendrían que hacer desde la Cd. de México.

–Pero el canal cinco es local –insistió Aurelio. No se pierde nada con tratar.

–Claro, Conrado –añadió Jacobo–. Además, sí se pone una recompensa, la gente le va a poner más atención.

–Así no es la gente, muchachos. No le ponen mucha atención a la televisión. Todos andan muy metidos en sus propios asuntos. Pero se me ocurre algo nuevo. Uds. quédense aquí. Yo les aviso cuando haya novedad–. Estaba por salir cuando Tobías les gritó que había una llamada por la radio en la patrulla. Pronto fue a investigar. Regresó con la noticia de que el Mocho ya sabía que andaban tras su pista. Había hablado a la cantina y le habían informado que había estado la policía.

–¿Cambia eso las cosas, Conrado?—preguntó Jacobo.

–La mera verdad, no. Conozco bien cómo trabaja el Mocho y si se arriesgó a salir a flote es porque está seguro que no lo atraparemos. Conoce muy bien nuestras deficiencias. Creo que seguirá con el plan. Nos había dicho que hablaría a las diez de la mañana para decirnos dónde llevar el dinero.

–Perdóneme, Inspector –interrumpió Aurelio–. Creo que el Mocho ya dedujo que lo rastraron a base de la llamada que hizo desde la cantina. Va a cambiar sus planes. Y si lo siguen muy de cerca, capaz de que se olvide del plan. Esta es la única oportunidad que tenemos de dar con Chebo. No podemos desperdiciarla.

Conrado supo que Aurelio tenía razón. Decidió seguir la idea que tenía. De salida, comentó: –Pónganse a rezar, muchachos. Nada se pierde. Y tú, Aurelio, si algún día andas buscando trabajo, ve a hablar conmigo y yo te meto al departamento.

§§§§

Al llegar a su casa, Alicia ni se despidió de las muchachas. Salió corriendo para llegar al teléfono. Chebo se fascinaría con las noticias. En su apresuramiento casi tumbó a su abuelita que la estaba esperando en la puerta. Siempre la esperaba ahí, como diciendo que aunque viejita, todavía cuidaba de ella. Alicia sabía que tarde o temprano tendría que confesarle a su abuelita todo lo que estaba haciendo, pero en ese momento tenía mucha prisa. No era el tiempo adecuado.

Alicia notó que su abuelita no la iba a dejar pasar así por que sí. Había puesto sus puños sobre su cadera y se le había quedado viendo fijamente. Cuando eso pasaba era tiempo de hacerle caso. De no hacerlo hasta podría prohibirle salir el siguiente día, y no podía fallarle a Chebo. Se detuvo un instante, haciendo la cara más dulce que podía. Acercándosele a su abuelita le dijo, –Lo siento, abuelita. Perdóneme, ¿sí? Es que a veces soy muy atrabancada. Lo que pasa es que conocí a un muchacho que me gustó mucho–.

Al instante reconoció que había metido la pata. Ahora le preguntaría todo acerca del muchacho y la tendría por horas contándole hasta el más pequeño detalle. Dicho y hecho. Hasta que dieron las nueve de la noche la tuvo ahí, explicando.

Por fin pudo llegar al teléfono y marcó. Lo dejó sonar bastantes veces. Estaba a punto de colgar cuando alguien contestó. Era una voz masculina. Muy distinta a la de Samuel. Colgó casi por instinto, pensando que a lo mejor se había equivocado de número. Volvió a marcar y la misma voz le contestó. –¿Es la casa de los señores Jackson?—la voz del otro lado permaneció muda, luego se oyó que colgaban.

§§§§

Les tomó de sorpresa a Chebo y a los Sres. Jackson encontrar la puerta de enfrente abierta. Ya eran las once de la noche pues habían ido tarde al cine y después a cenar. Chebo entró por delante sin pensar que pudiera estar algún ladrón. La sala estaba igual. Todo parecía en orden. Samuel y Judith lo siguieron revisando en cada uno de los cuartos para ver si les habían robado algo. Todo parecía intacto,

115

salvo la cocina donde quedaban varias migajas sobre la mesa, cosa que Judith nunca permitía que sucediera. Samuel les ordenó que se quedaran ahí **mismos** y que no se movieran por ningún motivo. Fue a su recámara a recoger un revólver que guardaba bajo llave. Chebo, sin hacerle caso, lo siguió de cerca.

–Por Dios, Chebo. Te dije que te quedaran atrás.

–No te preocupes, Samuel. Si alguien estuvo aquí es seguro que ya se fueron–. A Samuel le asombró la falta de miedo de Chebo. Sacó dos linternas, dándole una a Chebo. Chebo entendió sin necesidad de palabra y se dirigió al patio de atrás. Revisaron de una orilla hasta la otra. Ninguna seña de nada. De pronto oyeron el teléfono sonar. Cuando llegaron, Judith ya lo había contestado. Habló muy quedito palabras que Chebo no entendió, y luego colgó, dando un suspiro de alivio.

–What was it, Honey?

Lo demás Chebo no entendió. Espero hasta que terminaran ellos de hablar para preguntarles. Que unos vecinos habían visto a alguien rondar por la casa y que habían hablado a la policía. Que cuando ellos llegaron, que ya se habían ido.

–¿Y quién podría ser? –preguntó Chebo.

–Ha de haber sido algunos raterillos que querían ver qué encontraban. Sin duda se asustaron antes de que se pudieran llevar nada.

Chebo no le creyó. Pero no por creer que mentía, sino porque no se le ocurría cómo alguien que entrara a robar se dio tiempo de comer. Cuando él se había robado esos dulces de la tiendita allá en la sierra, había corrido como condenado. No se había detenido a comérselos. No quiso decirles nada de lo que pensaba. Lo bueno era que no se habían llevado nada. Sin darle más importancia, los tres se fueron a acostar. A la hora, sus pensamientos no lo dejaban dormir. No se podía imaginar quién fuera tan tonto para entrar a una casa nomás para echarse un bocado. Pero no conocía muy bien a la gente del lado americano. A la mejor había sido un loquito que no intentaba ningún daño. Había uno así allá en la sierra. Lo que no entendía era por qué le preocupa tanto el incidente. A pesar de que ya faltaban unas cuantas horas para encontrarse con Alicia, su mente volvía al mismo tema. Sin saber cómo evitarlo, rezó otra vez más sus oraciones para ver si así empezaba a pensar en otra cosa. No supo en cuál oración se quedó cuando lo venció el sueño.

§§§§

La luz del nuevo día encontró a Jacobo aún despierto. Aurelio se había quedado con él y ahora roncaba. Tobías no había querido quedarse, diciendo que tenía otras cosas que hacer. Otra vez le venía esa incertidumbre a Jacobo. Le empezaba por formarle un nudo en la garganta que bajaba lentamente hasta hacerle eco en el estómago vacío, lleno de preocupación. Luego recordaba ese optimismo que había sentido al salir del hospital, y se controlaba algo. Así se la había pasado toda la noche, entre incertidumbre y optimismo alternándose. Tenía un presentimiento que algo estaba por pasar. Conrado no se había reportado en toda la noche. El silencio era lo que más lo oprimía. Le recordaba el silencio cuando enterraron a sus padres. Nadie dijo nada, salvo el sacerdote que murmuraba las oraciones de costumbre. Nadie se atrevió a decir nada. El único mensaje era el de las lágrimas que se desparramaban por los rostros de los que habían asistido. Todo era silencio, como ahorita. Sólo los ronquidos de Aurelio que en mucho se parecían a las palabras del sacerdote. Jacobo había tenido la misma expresión sólida, casi impenetrable. Sentía igual que entonces. Ese mismo ardor en el pecho que de milagro no explotaba. La luz del día le permitía verse las manos. Pálidas, parecían sin vida. Empezó a escuchar el tictactéo del reloj que antes parecía haberse escondido en el silencio. No tardarían los vendedores en llegar con sus gritos. Tampoco había de tardar el momento en que sabría si volvería a ver a Chebo.

§§§§

Conrado recibió la llamada a eso de las ocho de la mañana, dos horas antes de lo anticipado. Inmediatamente reconoció la voz del Mocho. Instruyó que el punto de reunión sería en el Mercado Juárez, lugar público para que no se fueran a mandar con el mensajero. Que al fin y al cabo el mensajero no sabría nada. Por lo visto el Mocho había adivinado los planes. Las instrucciones eran que tenía que entregarle el dinero al mensajero y dejarlo ir. Después, Jacobo tendría que ir al terreno baldío enfrente del aeropuerto a esperar a Chebo. No dijo más. Colgó.

Al Mocho ya lo habían atrapado antes por tráfico de menores. Había pasado seis años en la cárcel. En su juicio, ninguno de los compradores había querido atestiguar contra él, porque siempre había cumplido con su parte del trato. Pero eso era antes. Ahora traía el veneno de haber pasado tiempo encarcelado. No podía asumir que el Mocho cumpliría con su parte del trato. No le quedaba otra cosa más que confiar. Nada había querido tanto en los últimos años como poder regresar a Chebo a su hermano. Otros crímenes los podía pasar casi sin tomarlos muy en serio. Pero cuando se trataba de niños, eso era otra cosa. Nomás de pensar en sus propios hijos era suficiente para querer limpiar las calles de todo peligro.

Tenía que informarle a Jacobo. Estaba dispuesto dejar ir al Mocho si cumpliera con su trato. Ya lo alcanzaría en otra ocasión, cuando no estuviera en peligro la vida de un niño. Ya había sufrido bastante Jacobo para arriesgar la vida de su hermano en nombre de la justicia. Comprendía que esos pensamientos eran en contra del reglamento. El reglamento le decía que tenía que enfocarse en atrapar al culpable para que otros en el futuro no corran el mismo peligro. Esta vez era distinto. No comprendía por qué. Solo intuía que a veces era mejor olvidarse del reglamento y ser humano. ¿Qué fuera más humano? Tenía que demostrarlo ahora.

El teléfono volvió a sonar. Era Aurelio. Decía que Jacobo estaba impaciente.

§§§§

Tobías esperaba que Rita, una vieja amiga de su hermano mayor, saliera de los cuartos de arriba de la cantina. Toda la noche se la había pasado gastándose sus últimos pesos pidiendo trago tras trago que tiraba al piso cuando nadie parecía verlo. Como hasta las cuatro de la mañana persiguió con sus ojos el cuerpo aún bien torneado de Jamucha. Rita por fin bajó. Reconoció a Tobías y se sentó un momento con él. Tobías le explicó por qué había ido. Rita lo escuchó y por contestación le dijo que la esperara afuera apenas amaneciera.

Ya eran casi las nueve de la mañana y Rita no aparecía. Quizás le había tocado un cliente muy exigente.

Por fin apareció tras el callejón que daba a la entrada de atrás. Venía con la cara toda demarcada, pintura escurrida por la mejilla, el pelo alborotado, y la falda con los botones de enfrente mal abrochados. Casi no pronunció palabra. Tan solo le entregó a Tobías una nota, diciéndole que con eso le pagaba el favor a su hermano. Sin más, se fue caminando rápido a donde un carro negro la esperaba. La nota tenía una dirección. La conocía muy bien porque ahí había trabajado antes de irse con Don Porfirio. Si todo seguía igual, conocería a algunos de los mensajeros. Sin pensarla más, Tobías se montó en su bicicleta sabiendo que le tardaría tiempo en llegar. Con suerte llegaría a tiempo.

§§§§

Los lunes eran algo especial para Samuel porque era cuando todos sus trabajadores venían con nuevos cuentos que contar. Pero ahora no tendría tiempo de escucharlos. Había decidido salirse a las diez para empezar su búsqueda por todo

118

Juárez. Se sentía cansado por no haber podido dormir. Aún no se podía explicar lo de la noche anterior. Judith se había trastornado bastante. Desde que salió de la casa no pudo dejar de asociar la entrada a su casa a lo que Chebo había soñado. A media noche había despertado gritando y cuando llegó a él, tenía el cuerpo frío. Entre sollozos, le contó que había soñado al Mocho y a Hortensia.

No se mencionó nada al respecto durante el almuerzo. Los ojos de Chebo le habían quedado hinchados de tanto llanto. Pero no se había quejado, y hasta intentó hacer de toda una broma. Samuel sabía que aún estaba asustado, asombrándose una vez más ante las reacciones maduras de Chebo.

Pensó en hablarle a Judith antes de salir hacia Juárez para ver cómo seguía Chebo, pero desistió. Sabía que ahora era Judith la que no quería alterar la situación con Chebo. No la había hecho entender que Chebo la estaba manipulando. Pero él ya había tomado la decisión. Buscaría a Jacobo.

§§§§

A las meras diez sonó el teléfono de los Jackson. Habían parecido interminables las últimas dos horas. Más cuando recordaba su horrible pesadilla. Chebo estaba listo. Más listo que nunca. Se había puesto los tenis que le habían comprado. Supuestamente era para poder correr más rápido. El teléfono timbró dos…tres veces. Esa era la señal. Sentía sus piernas ágiles y listas para correr. Ya había deshecho la aldaba de la puerta de la cocina.

Al contestar Judith el teléfono, Chebo salió corriendo lo más rápido que podía. Brincó la barda para no hacer ruido en abrir la reja. En un dos por tres había doblado la esquina donde a escasas tres cuadras lo esperaban. De haber esperado un poco más hubiera visto un carro que se estacionó enfrente de la casa. De él bajaban dos personas; El Mocho y Hortensia.

Cuando llegó a la tienda donde lo esperaba Alicia, ella ya había colgado de hablar con Judith. Llegó respirando profundo y ya empezaba a sudar. No tuvo tiempo de decir nada cuando Alicia le gritó que ella había visto a Jacobo.

–¿Dónde? ¿Estás segura? –Chebo no podía contenerse, brincando como chapulín.

–Estoy casi segura. Es muy largo de contarte, pero yo de babosa no me di cuenta que era tu hermano hasta que ya los habíamos dejado. Y al regresarnos a buscarlos, ya se habían ido.

119

–Mejor nos vamos–dijo Chebo–porque no te entendí ni papa.

Caminaron unas cuantas cuadras hasta llegar a la parada del camión, que por suerte estaba llegando al momento preciso. Al bajarse, Chebo veía de cerca el centro de El Paso por primera vez. Alicia lo jaló porque decía que todavía tenían que tomar el tranvía. Era como si de repente era Alicia la que tenía más ansias por llegar. Chebo se sintió como se sentía con Jacobo. Pensó que así debía de sentirse lo que era tener una hermana mayor.

El tranvía estaba repleto de gente. Chebo quedó aplastado entre dos señoras gordas. Se detenía con fuerza de la mano de Alicia. En la siguiente parada la cosa se hizo peor, pero al menos se pudo escapar de en medio de las dos señoras. En unos cuantos minutos el tranvía llegó al puente, batallando para escalar el puente.

–No te apures, Chebo, siempre la hacen—se rio Alicia, burlándose de Chebo. Al cruzar, pronto se bajaron del tranvía. –Vámonos por el malecón y luego volteamos rumbo al mercado. Quien quita y reconozcas alguna calle.

El malecón corría paralelo al río. Para llegar a el, tenían que cruzar la calle muy transitada por donde todos los carros que recién habían cruzado el puente aceleraban como maníacos. Alicia le apretaba fuerte la mano a Chebo, diciéndole que estuviera listo para correr. Chebo estaba listo. Tenía ansias de poder encontrar la casa de su tío.

Un carro azul viejo rechinó los frenos enfrente de ellos. Pensaron que era para dejarlos cruzar, pero pronto se dio cuenta Chebo que en el carro estaban el Mocho y Hortensia. ¡Qué méndiga coincidencia que se cruzaran sus caminos en ese preciso momento!

–¡Corre, Alicia! ¡Son los que me secuestraron! ¡Corre!

Alicia se quedó sin saber qué hacer. Quiso jalar a Chebo para que se regresaran a El Paso, pero Chebo se desprendió de la mano de Alicia y corrió rumbo al malecón. El Mocho se bajó del auto e intentó perseguir a Chebo. Al darse cuenta que de ninguna manera iba a alcanzarlo, esperó a que Hortensia le diera la vuelta al carro.

Alicia se quedó inmóvil. La mirada fulminante de Hortensia la dejó helada, pero respiro cuando Hortensia decidió mejor ir por el Mocho. Sabía que ahora ella también peligraba. Ya sabían que ella le estaba ayudando a Chebo. Confusa, se dirigió de regreso a El Paso.

Chebo corría. Sabía que si lo alcanzaban ya nunca volvería a ver a Jacobo.

A Jacobo no le gustó la idea de tener que quedarse frente al aeropuerto. Estar ahí, sin saber nada, sería terrible. Aurelio tampoco estaba muy convencido. Sugirió que él esperara en el aeropuerto, para que Jacobo se quedara con Conrado. —Es lo mejor, Conrado. No va a haber ninguna diferencia si soy yo o Jacobo quien espere en el aeropuerto. Además, quizás Jacobo pueda convencer al mensajero que nos ayude. Es bueno para convencer. Ya ves, aquí nos trae a nosotros. Además, el mensajero nunca le ayudaría a la policía así nomás porque sí.

—Hazle caso, Conrado—agregó Jacobo–. No podría mantenerme quieto sin hacer nada.

Conrado no estaba muy seguro. Ya lo habían hecho cambiar mucho de opinión, contra su mejor criterio. Pero algo le decía que tenían razón. Reconocía que estaba viendo la situación desde el punto de vista de ellos; cosa que en la academia les habían recalcado una y mil veces que nunca hicieran eso.

—Está bien. Pero que esté muy claro que no me vas a desobedecer mis órdenes en ningún momento. Ahora vamos a la jefatura para esperar que nos digan a qué horas nos juntamos con el mensajero.

—Yo me voy de una vez al aeropuerto—agregó Aurelio–. Es mejor estar ahí temprano que tarde.

Jacobo no sabía cómo agradecerle a Aurelio lo que hacía por él. Sentía un nudo en la garganta que le impedía decirle nada. Él y Tobías eran los primeros amigos, realmente amigos, que había tenido. Lo secundaban en las malas sin esperar nada a cambio. Y casi era un desconocido para ellos. Sabía que los extrañaría cuando se regresaran a la sierra. Juárez les había traído puras desgracias. Se regresarían. En el camino a la jefatura, Jacobo se puso a pensar cómo iba a convencer al mensajero que lo ayudara.

Ya en la jefatura no tuvieron que esperar mucho. La cita era a las once y media de la mañana.

Tobías pedaleaba con todas sus ganas. Iba rumbo al mercado. Había sido de puro milagro que su camarada Pascual aún estuviera trabajando en el viejo taller. Había llegado tarde al taller. El Mocho ya había hablado y dejado sus instrucciones para el mensajero. Y este ya se había ido. Ahora era cuestión de alcanzarlo. No era nadie conocido, según le había dicho Pascual. Sólo sabía que traía una chaqueta negra y que su bicicleta era de las antiguas, con canasta enfrente. Con eso debía ser más que suficiente para reconocerlo. Tenía que hacerlo hablar antes de que llegara con la policía. Conociéndolos, lo tratarían de exprimir y con eso poner en peligro la vida de Chebo. Eran medio idiotas los policías, especialmente el menso de Conrado.

De pronto vio una bicicleta como se la habían descrito y el muchacho traía una chamarra negra. Ese es. Se le acercó por el lado izquierdo despacio al principio. Quería ver si lo reconocía primero. Al no reconocerlo, empezó a interrogarlo. El de la chamarra negra nomás se le quedaba viendo, como diciendo quién era ese pendejo.

–Párale un rato. Necesito hablar contigo. Se trata del mensaje que tienes que llevar–. El de la chamarra negra lo ignoró, cosa que enfureció a Tobías. Tobías lo embistió con su bicicleta, haciendo que los dos cayeran al pavimento. Le ganó a levantarse primero, lo agarró del cuello y lo empujó hacia una barda cercana. Estaba más grande que el mensajero, y mucho más fuerte.

–Pues que te traes, menso—le gritó el mensajero, librándose de Tobías con fuerza sorprendente para su tamaño. Estaba listo para pelear.

–No vine a echarte brava—explicó Tobías—pero te tenía que alcanzar porque un camarada mío esta en problemas.

–Y yo, ¿qué fregados tengo que ver con eso?

–-Tiene que ver con el mensaje que tienes que llevar.

–Yo nomás tengo que recoger un paquete y ya.

–Mira, bato, ese paquete es dinero. Los que te mandaron por el se llevaron al carnalito de mi camarada. Lo pidieron para regresar al chavito–. El mensajero quiso escurrirse sin ponerle más atención a Tobías, pero este lo agarró y lo aventó con furia contra el suelo. –Mira, pendejo, ya sé lo que estás pensando. Esfumarte con el dinero, ¿no? Pues nones. Ahorita mismo me vas a decir a dónde lo tenías que entregar o te rompo todo el hocico. ¿Me entiendes?

Sabiendo que la llevaba de perder, el mensajero optó por ayudar. –Pero, ¿cómo sé que eres camarada del carnal del chavito? ¿A la mejor tú quieres clavarse la feria?

Tobías sonrió. Ya no iba a ser problema hacerlo que les ayudara.

§§§§

Chebo pensó que los había perdido cuando de vuelta vio el carro azul que doblaba la esquina. Ya casi no podía respirar por el cansancio. Se quiso esconder detrás de un árbol, pero al ver que el carro disminuía la velocidad, se dio cuenta que lo habían visto. Con nueva vitalidad, salió corriendo a todo vuelo para meterse en una tiendita que estaba en la esquina. Entró tan rápido que la señora de la tienda ni siquiera se dio cuenta hasta que estaba detrás de ella, preguntándole que si dónde estaba la puerta de atrás. Antes que le pudieran contestar, Chebo notó que la puerta estaba detrás de una cortina. Se escondió tras la cortina justo a tiempo cuando entró el Mocho. La señora, oliendo que algo raro pasaba, rehusó contestarle sus preguntas. Poquito después entro Hortensia. Para entonces Chebo brincaba la barda de atrás para llegar otra vez a la calle. Al ver el carro solo, se le ocurrió poncharle una llanta, pero el Mocho y Hortensia salían de la tiendita en ese instante. Sin pensarla más, salió corriendo en sentido contrario. No oyó pasos detrás de él, ni el rechinido de llantas que le hicieran saber que aún lo perseguían. Es una trampa, pensó. Luego echó a correr por si acaso.

No supo ni siquiera por donde corrió. Había corrido sin rumbo por buen tiempo. De pronto tuvo que frenar porque el mismo carro azul estaba estacionado enfrente de una casa. No había duda. Sí, era el mismo carro. Esa debía ser la casa donde vivían. Eso era. De seguro ahí era donde se escondían de la policía. Rápido se buscó en sus bolsas por un lápiz. No traía. Se acercó lo suficiente para ver los números de la dirección. Novecientos cincuenta. Luego regresando a la esquina examinó el nombre de la calle. Tenía que acordarse. Cuando creyó que ya la tenía, salió corriendo, repitiéndose a sí mismo la dirección. Ahora lo que tenía que hacer era encontrar a algún policía.

§§§§

Ya eran quince para las doce y el mensajero no llegaba. Jacobo y Conrado empezaron a preocuparse de que todo era una jugada. Era posible que el Mocho nomás quisiera burlarse de Conrado como para desquitarse de que este lo puso anteriormente en la cárcel. Pero así no trabajaba el Mocho. Cuando hacía algo, siempre lo hacía tomándose todas las precauciones.

123

De repente vieron a Tobías con otro muchacho acercarse. Conrado empezó a ordenarles que se fueran de allí, pero Tobías no paró. —Este es el mensajero, Jacobo. Lo intercepté antes que llegara y le expliqué cómo andaba todo el asunto. Decidió ayudarnos.

A Conrado no le caía bien Tobías, pero debía admitir que había hecho muy buen trabajo dando con el mensajero. Jacobo primero vio al mensajero con desconfianza. Notando eso, Tobías le aseguró que todo estaba bien. Que ya se había encargado de eso.

—¿Tú eres el carnal del que dicen que secuestraron? —preguntó el mensajero.

—Sí. Soy yo—. Jacobo hizo una pausa y después agregó—Gracias por decidir ayudarnos. Los cuatro entraron al carro de Conrado para discutir cómo iban a atrapar al Mocho.

§§§§

Samuel ya había dado varias vueltas en el carro sin saber por dónde empezar. No quería ir a la policía por temor de que lo encarcelaran por rapto de menores. Pero sabía que ya no podía seguir dejando pasar el tiempo. Había dado una vuelta al orfanatorio donde encontró los restos de la nota que dejó. Jacobo nunca la vio. No le quedaba más. Estaba perdiendo el tiempo. Lo único que le quedaba era ir a la policía. Pensó en Judith, que se quedaría sola. Casi sin evitarlo, pensó que no estaría mal estar separados un tiempo. Luego desechó la idea de su mente.

De pronto no pudo creer lo que sus ojos veían. ¡Era Chebo! No había duda. Era Chebo que caminaba como a media cuadra enfrente. Apretó el acelerador para alcanzarlo. Chebo se asustó al oír el carro. Por un instante pensó que era el carro azul del Mocho. Al reconocer a Samuel, se quedó parado, sin saber qué hacer. Samuel se bajó del carro y empezó a caminar hacia Chebo. Este lo miró con desconfianza, retrocediendo un poco y alistándose para correr. Samuel se percató de esto y no dio un paso más. Comprendía muy bien por qué le tenía desconfianza. Y aunque aún no se le pasaba la sorpresa de verlo, sabía muy bien que esto lo había planeado Chebo. Lo había sospechado. Chebo lo pudo engañar. —Está bien, Chebo. Entiendo por que no me tienes confianza. Créeme que ahora sí te quiero ayudar. Por eso estoy en Juárez, para buscar a tu hermano. Yo no sabía que tú también te las habías averiguado para venir. Precisamente iba a ir a hablar con la policía, para que me ayudaran.

—A eso iba yo también.

–Entonces vamos juntos para que te des cuenta de que te digo la verdad. Vente. Súbete–. Chebo retrocedió otro poco. Por nada del mundo se iba a subir al carro y perder la oportunidad de encontrar a Jacobo. –Está bien, Chebo, no te culpo que no me creas. Dime, ¿qué puedo hacer para que me creas que sí quiero ayudarte? Me siento arrepentido de haber sido tan egoísta, Chebo. ¿Me crees?

–No estoy seguro, Samuel.

–Mira, sé que quizás no me entiendas. Si algún día te encuentras solo y viejo, me vas a entender. Hicimos mal los dos, Judith y yo. Te queríamos para que nos hicieras felices. No nos preocupamos para que tú también los fueras. Pero ya no–. Samuel hizo una pausa para ver la reacción de Chebo. Al no notar ningún progreso, continuó: –No sé ni qué decirte, Chebo. Tú dime que quieres que haga. Nosotros solo quisimos…

–Eso sí lo entiendo, Samuel—interrumpió Chebo—y también se que son buenos en el fondo. Pero no estoy seguro si de veras me quieres ayudar ahora o si es nomás otra mentira como las otras.

–¿Entonces qué quieres que haga?

Chebo se quedo pensando un rato, asegurándose de que Samuel no se acercara ni un solo paso. Luego repuso, –Ya sé. Ayúdame a buscar la casa de mi tío. Pero a pie. Deja el carro aquí y dejo que me ayudes.

–De acuerdo, Chebo–. Fue al carro a cerrarlo.

Chebo se le quedó viendo directo a los ojos. Por algo, ahora sí le creía.

§§§§

El plan estaba trazado. Tobías había de hacerla de mensajero. Llevaría el paquete a la dirección que les había dado el mensajero. Mientras tanto, Conrado y sus hombres rodearían la casa y entrarían por la puerta de atrás. No debían despertar sospecha alguna. El Mocho no se pararía un segundo en lastimar a Chebo. Tobías sabía que, si lo reconocieran, todo se iba a arruinar. Pero a él sólo Ignacio lo había visto, por consiguiente, era probable que no lo reconocieran. Sabía que lo primero que iban a hacer el Mocho y Hortensia era asegurarse que no habían seguido al mensajero. Tendrían a alguien vigilando todas las calles alrededor. Tenía que llegar sólo.

Pararon los automóviles como a cuatro cuadras de la casa. Los hombres de Conrado se bajaron y siguieron a pie hasta posicionarse cerca de la casa, sin despertar sospechas. No vieron a nadie vigilando. Eso era bueno. A la media hora, Conrado le dijo a Tobías que fuera a la casa. Sacaron la bicicleta de la cajuela del auto.

El carro azul estaba estacionado enfrente. No sabían si ese pertenecía al Mocho, pero cuando menos sabían que alguien estaba en la casa. Le pidieron a Tobías que se esperara unos cinco minutos antes de ir. Eso les daría tiempo a Conrado y Jacobo de posicionarse atrás de la casa. Jacobo fue el primero en brincar la barda. Conrado siguió atrás de él.

Tobías había llegado al frente de la casa y usó el timbre de la bicicleta para anunciar que había llegado. Hortensia abrió la puerta lentamente, asomando nomás parte de su cara. –¿Te siguieron?

–No. Le di muchas vueltas por todos lados para asegurarme que no me siguieron. Así me dijeron en el taller que le hiciera. ¿Por qué tanto borlote por un simple paquete? Yo entrego muchos paquetes y nunca me pidieron hacer esto.

Hortensia abrió poco más la puerta. No podía ver bien el rostro de Tobías porque traía una cachucha y lentes obscuros. –¿Cómo te llamas? —preguntó Hortensia con desconfianza.

Tobías comprendió de inmediato que Hortensia se las había olido. De menso no le había preguntado el nombre al mensajero. –Ernesto Fernández –mintió, sabiendo que no le habían creído. No supo ni cómo, pero de repente vio el reflejo de una pistola en la mano de Hortensia. De puro reflejo se echó al suelo a tiempo para evitar el balazo. La puerta se cerró mientras Tobías se arrastraba para protegerse detrás de un árbol. Conrado corrió hacia enfrente, quedándose pegado sobre la pared. Jacobo por mientras se quedó atrás y agarrando una piedra la aventó por la ventana, quebrando el vidrio. De inmediato se oyó un balazo por la misma ventana. Jacobo recogió otra piedra y la aventó a través de la otra ventana. Otra vez el balazo por esa ventana no se hiso esperar.

Al notar Conrado que la atención se había ido hacía la parte posterior de la casa, brincó hasta la puerta de enfrente, abriéndola con un balazo en la chapa y dándole una patada. Después se restregó contra la pared, sin entrar. Los demás hombres se habían acercado, con pistolas en mano. El grito del Mocho los hizo a todos frenar, –¡Un paso más y me echo al mocoso!

Conrado les gritó a sus hombres que se quedaran en sus puestos. Luego, dirigiéndose al Mocho, –¡Guadalupe, habla Conrado Ramírez. No seas idiota. ¡Si lastimas a ese muchacho, te vas a pudrir en la cárcel por asesinato!

–No me vengas con tus sermones, Conrado. Bastante sé que si me vuelven a atrapar me pasaré el resto de mis días en la cárcel. Así que no tengo nada que perder. Si no se retiran en diez segundos me lo voy a descabezar. ¡Ordénales a tus hombres que se retiren!

Jacobo se había quedado callado. Sabía muy bien que no lo creían tan cerca. Tenía que meterse. Si no, de todos modos, tarde o temprano matarían a Chebo. De eso estaba seguro. Se levantó tratando de hacer el menor ruido posible. Por una de las ventanas que había quebrado, metió la mano para deshacer el seguro. La ventana parecía dar a una recámara. Se asomó y no pudo ver nada. Uno de los policías que se había quedado atrás de la casa notó lo que Jacobo quería hacer. Al momento que Jacobo se escurría por la ventana, el policía disparó contra la ventana opuesta. De inmediato se oyeron tres o cuatro balazos en dirección de la ventana opuesta. Conrado gritó que pararan el fuego. –Yo no ordené ese disparo, Guadalupe. Te lo aseguro.

–Tienen diez segundos para irse todos y alinearse enfrente de la casa.

–Cuando menos, déjanos oír a Chebo para saber que se encuentra bien…

–Nueve…ocho…siete…

Jacobo se había tirado al suelo pensando que los balazos iban dirigidos a él. Cuando oyó las voces del Mocho y de Conrado se dio cuenta que no sabían que estaba adentro. Se levantó con mucho cuidado para asomarse a la sala. No podía ver bien, pero en el piso de mosaico se reflejaba la imagen del Mocho y de Hortensia. De Chebo no se veía nada. Aventuró la cabeza para poder ver el resto de la sala. Para su sorpresa pudo cerciorarse que Chebo no estaba con ellos. No pudo regresar su cara sin que lo vieran. Simultáneamente dispararon sobre él. Jacobo salió corriendo echándose de clavado por la ventana. A medio vuelo sintió una punzada en la pierna. Cayó pesadamente sobre la tierra, pero casi al instante se incorporó y se lanzó contra el lado de la casa. Conrado había dado la vuelta y le detuvo la caída.

–No tienen a Chebo, Conrado –logró decir. Después se llevó las manos a la pierna de donde empezaba a frotarle la sangre. Conrado le gritó al Mocho que les daba diez segundos para que se entregaran. –Sé que no tienes a Chebo, ¡así que ahora soy yo el que cuenta! Mis hombres tienen órdenes de tirar a matar.

Cuando llegaron todos a la jefatura, ya eran casi las siete de la tarde. La herida de Jacobo era solo un rozón y no quiso que lo llevaran al hospital. Una hora antes, Hortensia había salido, entregando su pistola. El Mocho se aguantó un poco más, pero viendo que la tenía perdida, también decidió entregarse. Cuando les habían puesto las esposas, Jacobo se les había acercado. No vio en sus ojos ningún tipo de arrepentimiento. El Mocho le había regresado la mirada como diciendo que ojalá no encontraran a Chebo, y si lo encontraran, que estuviera muerto. Jacobo no se pudo contener y, con todas las fuerzas que pudo, le conectó un puñetazo en la cara. Conrado lo había separado, pero no se arrepentía. Mientras le curaban la herida en la pierna, pensaba que ahora sí era el final de todo. Ya no vería a Chebo nunca más. Ni el Mocho ni Hortensia habían querido decir nada. Intuía que ni ellos sabían dónde se encontraba Chebo.

Conrado entró al cuarto donde se encontraba Jacobo acompañado de Aurelio y Tobías. –No quisieron hablar, Jacobo. Pero ya los vamos a quebrar. ¿Cómo está tu pierna?

–Está bien. No fue gran cosa–. Jacobo sentía una mezcla de gratitud y de tristeza. Por un lado, había más esperanzas de que Chebo estuviera vivo, pero por el otro, sabía que sería más difícil encontrarlo.

–¿Por qué no te vas a tu casa, Jacobo? Yo te aviso si algo más ocurre.

Empezaron a irse y Jacobo le extendió la mano a Conrado. Éste la tomó. Sabía lo que sentía Jacobo. Era una de esas veces que lo mejor era no decir nada.

Ninguno de los tres habló durante el camino. Ni Tobías, que siempre tenía un chiste o algo. Había sido tan grande la esperanza de volver a ver a Chebo que comprendían lo duro que era salir con las manos vacías. Jacobo parecía sonámbulo, viendo directamente hacia enfrente, sin enfocarse en nada. Estaba totalmente gastado emocionalmente. Les seguía los pasos a Aurelio y a Tobías más por inercia que por cualquier otra cosa. Ya no faltaba mucho para llegar.

Tuvo que esforzarse a enfocar su vista al ver dos figuras enfrente de la casa de su tío. Parecía un hombre alto y un niño. ¿Un niño? ¿Chebo? ¿Era Chebo? Trató de enfocar la mirada, pero al ver que el niño aquel empezaba a correr hacia él, supo que era Chebo. No tuvo tiempo de decir nada cuando Chebo se echó a sus brazos. ¡Sí era Chebo! Lo abrazó con todas sus fuerzas, levantándole en vilo. Sentía la cabecita de Chebo que se le acurrucaba contra el hombro, abrazándolo con todas sus ganas. Ninguno de los dos habló. A Jacobo le empezaron a caer las lágrimas, y lo apretó más fuerte. Sus lágrimas le caían libres, sin que tratara de detenerlas. Así duraron por largo tiempo.

Aurelio, Tobías y Samuel nomás los veían maravillados del cariño que se tenían esos dos. Los tres tenían la misma sonrisa. Era imposible no conmoverse ante eso.

Chebo alzó la cabeza un rato para poder hablar. También con las lágrimas en los ojos, dijo en voz quebradiza: –Ya estuvo bueno, ¿no? ¡Me vas a asfixiar!

Todos se soltaron riendo. Jacobo hizo que Chebo diera una maroma en el aire, como miles de veces lo había hecho antes. Chebo se reía, igual que todas esas otras veces.

Todo era igual que antes.

Capítulo XII

Los últimos dos días se la pasaron platicando de todo lo ocurrido. Chebo había llorado mucho al saber de las noticias de su tío. Jacobo por su parte no había querido ni siquiera hablar con Samuel o Judith. Ya habían hecho sus maletas para regresar a la sierra. Allá estarían en paz. Comprarían un ranchito con el dinero que les dejaría al vender la casa. Chebo terminaría la primaria allá, y si había dinero, después lo mandaría a Chihuahua a estudiar. Lo que querían era irse de Juárez. Peor no les podía haber ido. Jacobo dejaba a sus amigos que eran para él lo más querido, después de Chebo. Sería difícil encontrar otros como ellos. ¿Y de Conrado? Para él no tenía más que agradecimiento. Había sido casi un padre en estos días. Pero no podía hacerle caso de que se quedaran. No eran de allí. No eran de ciudad. Su hogar estaba en la sierra, donde estarían si todavía vivieran sus padres. Allá era donde pertenecían. No en esa ciudad donde solo habían encontrado desfortuna. ¡Cómo le podía a Jacobo haber vendido la casa de la sierra! Ahorita podrían llegar a ella y empezar donde se había quedado.

Chebo por su parte sentía cierta tristeza de dejar a los Jackson. También no había podido hablar con Alicia desde aquel día, y quería darle las gracias por todo. Pero Jacobo tenía razón. Necesitaban irse. Volver a su tierra. Su ida a Juárez había causado la muerte de su tío Porfirio. Eso no lo podía perdonar. Además, allá estaban todos los recuerdos de sus padres. Con eso se sentiría contento. Allá sí podía ver las estrellas en el cielo. Se tenía que acordar buscar a dos, no, a tres estrellas más. Por las noches las podría ver y recordarlos. En momentos se acordaba de las súplicas de Samuel de que convenciera a Jacobo de no tenerles rencor. Pobres. Tan solos en medio de tanta gente. Sería bonito ayudarles. Aunque fuera un poco. Pero Jacobo había decidido regresar. Y estaba de acuerdo. Era lo que él también quería. Era lo que había querido desde un principio.

Ahora que se dirigían a la estación del tren, casi podían respirar el aire puro de allá. Jacobo no quiso que nadie los acompañara. No quería tener que decirles adiós. Ni a Tobías, ni a Aurelio, y ni siquiera a Conrado. Así lo prefería. Ya después les escribiría. Al llegar a la estación, el aroma peculiar de los trenes les recordó su hogar, **con e**sa mescla de aceite y petróleo, con los asientos grises y algo maltratados. Eso era a lo que ellos estaban acostumbrados, viéndo a muchachos vendiendo chicles, periódicos y revistas. Pronto estarían en su verdadero hogar.

Cuando se sentaron, ya con las maletas acomodadas muy cuidadosamente, salieron los primeros rayos del sol. En unos cuantos segundos todo el ambiente pareció cambiar. Ya no estaba el aire puro. Ya el olor a tren no era el mismo. Estaban en la estaciòn de ferrocarriles de Juárez. En Juárez. No en su pueblo,. Los dos se quedaron viendo hacia afuera. En diez minutos saldría el tren. Ya no tendrían que ver más a Juárez. El silencio que se formó en esos instantes los hizo pensar. ¿Para qué pensarla más? Ya se habían decidido. Voltearon a verse el uno al otro. No pronunciaron palabras. No se dijeron nada.

Cuando el pitido del tren anunciaba la partida, Jacobo y Chebo se encontraron tratando de conseguir un taxi. Apenas traían lo suficiente para llegar a la casa que había sido de su tío.